Genel Yayın: 3682

STEFAN ZWEIG
AMOK KOŞUCUSU

ÖZGÜN ADI
DER AMOKLÄUFER

SERTİFİKA NO: 40077

EDİTÖR
GAMZE VARIM

GÖRSEL YÖNETMEN
BİROL BAYRAM

DÜZELTİ
MEHMET CELEP

GRAFİK TASARIM VE UYGULAMA
TÜRKİYE İŞ BANKASI KÜLTÜR YAYINLARI

1. BASIM ARALIK 2016, İSTANBUL
23. BASIM AĞUSTOS 2024, İSTANBUL

ISBN 978-605-332-905-3

BASKI: İMAK OFSET BASIM YAYIN A.Ş.
Akçaburgaz Mah. 137. Sok. No: 12 34522 Esenyurt/İstanbul
Tel. (0212) 444 62 18 Sertifika No: 71320

TÜRKİYE İŞ BANKASI KÜLTÜR YAYINLARI
İstiklal Caddesi, Meşelik Sokak No: 2/4 Beyoğlu 34433 İstanbul
Tel. (0212) 252 39 91 Faks (0212) 252 39 95
e-posta: info@iskultur.com.tr
www.iskultur.com.tr

ÇEVİREN: NAFER ERMİŞ

Denizli'de doğdu. Mülkiye'yi bitirdikten sonra 1990 yılında Almanya'ya gitti. On yıl kaldığı Almanya'da Bremen Üniversitesi'nin felsefe, kültür bilimleri ve Alman filolojisi bölümlerinde okudu. Türk kökenli öğrencilere "Ekonomi Türkçesi" dersleri verdi. İlk şiirlerini ve öykülerini 1984 yılından itibaren Edebiyat Dostları gibi çeşitli dergilerde yayımladı. Öğrencilik yıllarında yazdığı ilk romanı *Gökyüzüne Ağır Gelen Kuş*, 1995 yılında Gece Yayınevi tarafından yayımlandı. İkinci kitabı 2003 yılında Cadde Yayınları tarafından yayımlanan *Öteki Aşk*, çoğunluğunu yine öğrencilik yıllarında yazdığı öyküleri içerir. Almancadan yaptığı, başta Stefan Zweig, Franz Kafka, Bertold Brecht olmak üzere yirmiden fazla yayımlanmış çevirisi bulunmaktadır. 2011 yılında, ikincisi verilen Türk-Alman Tarabya Çeviri Ödülü'nü almıştır. 2006-2011 yılları arasında İMGE Yayınevi'nin edebiyat editörlüğünü yapan Nafer Ermiş, 2000 yılından bu yana İstanbul'da yaşıyor; yazarlık, çevirmenlik ve editörlük çalışmalarını sürdürüyor.

Modern
Klasikler
Dizisi -87

Stefan Zweig

Amok Koşucusu

Almanca aslından
çeviren: Nafer Ermiş

TÜRKİYE İŞ BANKASI
Kültür Yayınları

1912 yılının Mart ayında Napoli limanında, büyük bir transatlantiğin yük boşaltma işlemleri sırasında, gazetelerin hakkında oldukça kapsamlı, ama hayali unsurlarla süslenmiş haberler yayımladıkları tuhaf bir kaza meydana geldi. "Oceania"nın yolcusu olmama rağmen benim de tıpkı diğerleri gibi bu garip olaya tanık olmam mümkün değildi, çünkü olay gece kömür yükleme ve yük boşaltma işlemi sırasında cereyan etmişti ve o sırada biz, gürültüden kaçmak için karaya çıkmış, oradaki kafelerde ya da tiyatrolarda vakit geçiriyorduk. Yine de ben şahsen, o zamanlar dile getirmediğim bazı tahminlerimin, yaşanan o sahnenin gerçek açıklamasını içinde barındırdığını düşünüyorum ve aradan geçen bunca yılın ardından, o garip olayın hemen öncesinde gerçekleşen özel bir konuşmayı artık açıklayabilirim diye düşünüyorum.

Kalküta'daki gemi acentesinde, Avrupa'ya geri dönüş için bir yer ayırtmak istediğimde, görevli hayıflanarak omuzlarını silkti. Bana bir kamara vermesinin mümkün olup olmadığını henüz bilmiyordu; gemi, yağmur mevsiminin kapıya dayandığı bugünlerde daha Avustralya'dayken neredeyse tamamen doluyordu, bu yüzden önce Singapur'dan gelecek telgrafı beklemek zorundaydı. Ertesi gün bana sevindirici haberi verdi, benim için bir yer bulmuştu, ama güvertenin hemen altında ve geminin ortasında, pek de konforlu olmayan bir kamaraydı. Eve dönmek için sabırsızlanıyordum; fazla düşünmedim ve yeri ayırttım.

Görevlinin bana verdiği bilgiler doğruydu. Gemi tıka basa doluydu ve kamara kötüydü; küçük, basık, dikdörtgen biçiminde bir kovuktu, makine dairesine çok yakındı ve sadece yuvarlak, puslu bir pencere camı tarafından aydınlatılıyordu. Boğucu, yoğun hava petrol ve küf kokuyordu: İnsan bir an bile, tepesinde çıldırmış çelik bir yarasa gibi vızıldayarak dönen elektrikli vantilatörden kaçamıyordu. Aşağıda makine, dur durak bilmeden aynı merdiveni soluk soluğa tırmanan bir kömür hamalı gibi hırıldıyor ve inliyordu, yukarıda ise gezinti güvertesinde hiç durmadan bir o yana bir bu yana sürüklenen adımların sesleri duyuluyordu. Bavulumu o küf kokulu gri traversten yapılma mezara koyar koymaz kendimi tekrar güverteye attım ve karadan gelip dalgaların üzerinden eserek aşağılardan bize doğru yükselen tatlımsı yumuşak rüzgârı amber gibi içime çektim.

Ama gezinti güvertesinde de sıkışıklık ve huzursuzluk hâkimdi: Ortalık, kapalı bir yere tıkılmış ve yapacak hiçbir işleri olmamasının verdiği gerginlikle sürekli gevezelik ederek bir aşağı bir yukarı volta atan insanlardan geçilmiyordu. Kadınların cıvıltılı şakalaşmaları, güvertenin dar geçitlerinde çaresizce dönüp duran yürüyüş, sürünün sandalyelerin önünden, geveze bir huzursuzluk içinde bir o yana bir bu yana geçişi ve sürekli birbirleriyle karşılaşması, bir şekilde bana acı veriyordu. Yeni bir dünya görmüştüm, dörtnala bir kovalamaca içinde hızlıca birbirine karışan görüntüler içmiştim. Artık onları düşünmek, dağıtmak, organize etmek, kafamda yeniden canlandırarak gözüme çarpan şeylere bir çekidüzen vermek istiyordum, ama bu sıkışık bulvarda bir dakika bile durup dinlenmek yoktu. Bir kitabın satırları gevezelik yaparak önümden geçenlerin belli belirsiz gölgeleri altında silinip gidiyordu. Gemideki bu gölgesiz ve hareketli dar geçitte insanın kendisiyle baş başa kalması imkânsızdı.

Üç gün boyunca bunu denedim, pes etmiş halde insanları, denizi izledim; ama deniz hep aynıydı, mavi ve boş, sadece günbatımında aniden bütün renkler üzerine dökülmüş gibi oluyordu. İnsanlara gelince, onları üç yirmi dört saatin sonunda adeta ezberlemiştim. Her surat bıkkınlık derecesinde tanıdık geliyordu, kadınların tiz gülüşleri artık sinirlerimi bozmuyor, birbirine yakın duran iki Hollandalı subayın gürültülü münakaşaları beni kızdırmıyordu. Geriye sadece kaçmak kalıyordu, ama kamara sıcak ve nemliydi; salonda İngiliz kızlar yarım yamalak valsler çalarak hiç durmadan kötü piyano müziği üretiyorlardı. Sonunda kararlı bir şekilde saat düzenini tersyüz ettim, hemen öğleden sonra kamaraya indim, tabii öncesinde birkaç birayla kendimi uyuşturmuştum, böylece akşam yemeğini ve dans akşamını uyuyarak geçirdim.

Uyandığımda kamaranın daracık tabutu tamamen karanlık ve havasızdı. Vantilatörü kapatmıştım, bu yüzden yağlı ve nemli hava şakaklarıma hücum ediyordu. Duyularım adeta uyuşmuştu; içinde bulunduğum yeri ve zamanı idrak etmem dakikalar aldı. Saat gece yarısını geçmiş olmalıydı, zira ne müzik duyuyordum ne de adımların aralıksız sürüklenişini: Sadece makine dairesinin sesi duyuluyordu, devasa geminin atan kalbi, geminin gıcırdayan gövdesini güçbela ileriye, bir görünmeze doğru itmeye devam ediyordu.

El yordamıyla güverteye çıktım. Bomboştu. Başımı kaldırıp bacanın tüten kulesinin ve hayalet gibi parıldayan direklerin üst tarafına bakar bakmaz, gözlerime büyüleyici bir aydınlık hücum etti. Gökyüzü pırıl pırıldı. İçinde bembeyaz uçuşan yıldızlara göre karanlıktı ama yine de pırıl pırıldı; sanki orada muazzam bir ışığı örtmekte olan kadife bir perde vardı, sanki parıldayan yıldızlar sadece o perdedeki delikler ve yırtıklardı, o anlatılmaz aydınlık da oralardan sızıp öyle parlıyordu. Gökyüzünü daha önce hiç o geceki gibi görmemiştim; öylesine parlak, öylesine çelik mavisi ve sertti, ama yine de kıvılcımlar saçıyor, ışıklar sızdırıyor, coşkuyla taşıyor, aydan ve yıldızlardan aşağıya akan ve bir yandan da için için yanan gizemli bir iç bölgeden geliyormuş gibi görünen ışıklarla kaynıyordu. Beyaz boyalar, geminin bütün kenar hatlarını kadife karanlığındaki denize karşı ışıl ışıl parlatıyor; halatlar, serenler, bütün ince çizgiler, bütün siluetler bu sel gibi akan parıltının içinde eriyip gidiyordu; direklerin tepesindeki ışıklar, gökyüzünün parlak yıldızları arasındaki bu dünyevi sarı yıldızlar, sanki boşlukta sallanıyorlar ve bunların üst tarafında, gözetleme yerinin yuvarlak gözünden sarkıyorlardı.

Ama o sırada tepemde o büyüleyici takımyıldız duruyordu; Güneyhaçı takımyıldızı, parıldayan elmas çivilerle görünmezliğe çakılmış, adeta havada asılı kalmıştı, bu sırada hareket eden tek şey gemiydi; sessizce titreyerek, nefes alıp veren göğsüyle bir aşağı bir yukarı, bir aşağı bir yukarı dalıp çıkarak, karanlık dalgalardan fırlayan o devasa yüzücü. Öylece durdum ve gökyüzüne baktım; kendimi yukarıdan sıcak suyun döküldüğü bir banyoda gibi hissediyordum, elimi yıkayan tek şey o beyaz ve ılık ışıktı; omuzlarıma, başıma yumuşacık dökülüyor ve bir şekilde sanki içime işliyordu, çünkü içimdeki bütün karanlıklar birdenbire aydınlanmıştı. Özgürleşmiş gibi nefes alıyordum; arınmış, bir anda saadete kavuşmuştum; dudaklarımda berrak bir içecek gibi havayı hissediyordum; yumuşak, mayalanmış, hafifçe sarhoş eden havayı, içinde meyvelerin nefesini, uzak adaların kokusunu taşıyan havayı. Güverteye çıktığımdan beri ilk kez içimi düş görmenin kutsal arzusu sardı, hatta daha da şehvetlisi, bedenimi, bir kadın gibi beni saran o yumuşaklığa teslim etme arzusu. Uzanmak istiyordum, gözlerimi kaldırıp o beyaz hiyeroglifleri izlemek... Ama güvertedeki şezlonglar, iskemleler kaldırılmıştı, bu boş gezinti güvertesinin hiçbir yerinde rüyalarla dolu bir uyku için uygun yer yoktu. Böylece el yordamıyla yürümeye devam ettim, yavaş yavaş geminin ön kısmına doğru ilerliyordum, nesnelerden çıkıp giderek daha şiddetli bir şekilde üzerime geliyormuş gibi görünen ışık gözlerimi tamamen kamaştırmıştı. Bu kireç beyazı, ışıl ışıl parlayan ışık neredeyse acı vermeye başlamıştı, ama ben kendimi gölge bir yere gömmek istiyordum, bir mindere uzanmak istiyordum; parıltıyı üzerimde hissetmek için değil, bilakis üst tarafımda, nesnelerden yansır halde, karanlık bir odadan bir manzaraya bakar gibi onu izlemek için. Nihayet, palamarın ve demir halatların üzerinden sendeleyerek bordaya ulaştım ve aşağı baktım; geminin burnu karanlığı yarıyor ve erimiş ay ışığı köpürerek yarığın her iki tarafına saçılıyordu. Saban simsiyah akan toprağa hiç durmadan dalıp çıkıyor ve ben yenilen doğanın acısını hissediyordum, bu parıltılı oyundaki dünyevi kuvvetin bütün şehvetini hissediyordum. İzlerken zaman kavramını yitirmiştim. Bir saattir mi böyle duruyordum, yoksa sadece birkaç dakikadır mı: Geminin muazzam beşiği beni zamanın içinde bir aşağı bir yukarı savurup duruyordu. İçimi bir yorgunluğun kapladığını fark ediyordum, şehveti andıran bir yorgunluktu bu. Uyumak, rüya görmek istiyordum ama bu büyüden çıkmak, aşağıdaki tabutuma geri dönmek istemiyordum. Gayriihtiyari ayağımla yerdeki bir halat yığınına dokundum. Onun üzerine oturdum, gözlerimi kapadım; ama tamamen karanlık değildi, çünkü hem onların üzerinde hem benim üzerimde o gümüşi parıltı akıp duruyordu. Aşağıda suyun sessizce hışırdadığını duyuyordum, üzerimde ise bu dünyanın beyaz selinin belli belirsiz tınısını. Ve yavaş yavaş bu hışırtılar kanımda kabarmaya başladı: Artık kendimi hissetmiyordum; bu nefeslerin benim kendi nefeslerim mi, yoksa geminin uzakta çabalayan kalbinin mi olduğunu bilmiyordum; bu gece yarısı dünyasında, dinmek bilmeyen bir hışırtı içinde akıyor, akıntıda kaybolup gidiyordum.

Yanı başımdan gelen kısık, kuru bir öksürük sesiyle yerimden sıçradım. Neredeyse beni sarhoş eden rüyamdan korkuyla uyandım. O vakte kadar kapalı olan gözkapaklarıma vuran beyaz ışıktan kamaşan gözlerim ihtiyatla açıldı: Hemen karşımda, küpeştenin gölgesinde bir gözlüğün yansıması gibi bir şey parladı, sonra da büyük, yuvarlak bir kıvılcım göründü, bir piponun koruydu bu. Anlaşılan oraya oturarken, eğilip geminin burnu tarafından yarılan köpüklü sulara ve yukarıdaki Güneyhaçı takımyıldızına baktığım için bütün bu zaman zarfında orada sessizce oturmuş olması gereken bu komşuyu fark etmemiştim. Gayriihtiyari, hâlâ tam ayılamamış halde, "Özür dilerim," dedim Almanca. "Ah, rica ederim..." diye yine Almanca cevap verdi karanlıktan bir ses.

Hemen yanı başında, karanlık yüzünden göremediğin biriyle sessiz bir şekilde oturmanın ne kadar tuhaf ve ürkütücü olduğunu anlatamam. Gayriihtiyari bu insanın tıpkı benim ona yaptığım gibi gözlerini bana diktiğini hissediyordum: Ama üzerimizdeki beyaz parıltılar içinde akan ışık o kadar güçlüydü ki kimse kimsenin gölgedeki siluetinden başka bir şey göremezdi. Sadece nefes alıp verişlerini duyar gibiydim, bir de pipodan çektiği şiddetli nefesleri.

Suskunluk dayanılmazdı. Çekip gitsem daha iyiydi, ama bu çok kaba olacaktı, böyle durup dururken gitmek. Ne yapacağımı bilemez halde cebimden bir sigara çıkardım. Kibrit tıslayarak yandı, ışığı bir saniye kadar o dar mekânda titredi. Gözlük camlarının arkasında yabancı bir yüz gördüm; daha önce gemide hiç görmediğim bir yüzdü, ne yemeklerde ne koridorlarda. İster birden parlayan alev gözlerini acıttığı için olsun, ister bir halüsinasyon olsun, yüzü korkutucu bir biçimde çarpılmış gibi bir hal aldı, karanlıktı ve tıpkı Kobold'a* benziyordu. Ama daha ben ayrıntıları açık seçik görmeye fırsat bulamadan, karanlık, belli belirsiz ortaya çıkan hatları tekrar yuttu; sadece bir şeklin siluetini görüyordum, karanlığa nakşedilmiş karanlık olarak ve bazen de boşlukta, piponun yuvarlak kırmızı ateşten halkasını. Kimse konuşmuyordu ve bu suskunluk tropikal iklim gibi boğucu ve bunaltıcıydı.

Sonunda daha fazla dayanamadım. Ayağa kalktım ve kibarca, "İyi akşamlar," dedim.

"İyi akşamlar," diye cevap verdi karanlıktan, boğuk, sert, paslı bir sesle.

---

* Alman masallarındaki cüce cin. (ç.n.)

Palangaların arasından, direklere sürtüne sürtüne güçlükle ilerledim. O sırada arkamdan bir ayak sesi geldi, telaşlı ve tedirgin bir sesti. Bu az önceki komşuydu. Gayriihtiyari olduğum yerde durdum. Yanıma fazla yaklaşmadı, karanlıkta attığı adımların şeklinden korkuya ve sıkıntıya dair bir şey hissettim. "Kusura bakmayın," dedi sonra telaşla, "sizden bir ricam olacaktı. Ben... ben" –kekeliyordu ve mahcubiyetten konuşmaya devam edemiyordu– "ben... benim özel... çok özel nedenlerim var, buraya saklanmak için... Bir yas... güvertedeki topluluktan uzak duruyorum... Sizi kastetmiyorum... hayır, hayır... Ben sadece bir şey rica edecektim... Beni burada gördüğünüzü kimseye söylemezseniz size minnettar kalırım... Bunlar... tabiri caizse kişisel nedenler, beni insanların arasına karışmaktan alıkoyan... evet... pekâlâ... çok zor durumda kalırım, şayet siz... birilerine söz edecek olursanız, burada birinin geceleri... benim..." Yine kelimeler boğazına takıldı. Arzusunu yerine getireceğimi alelacele söyleyerek adamı içinde bulunduğu sıkıntıdan kurtardım. Birbirimize ellerimizi uzattık. Ardından kamarama geri döndüm ve tuhaf bir şekilde karışık ve görüntülerin birbirine girdiği derin bir uyku çektim.

Sözümü tuttum ve o acayip karşılaşmadan gemideki kimseye söz etmedim, içimdeki anlatma hevesi pek de az olmamasına rağmen. Zira bir gemi yolculuğunda en ufak bir şey olaya dönüşür; ufukta beliren bir yelken, sıçrayan bir yunus, yeni fark edilen bir flört, ayaküstü yapılan bir şaka. Öte yandan bu sıra dışı yolcu hakkında daha fazla şey öğrenme arzusu da içimi yakıp kavuruyordu: Yolcu listesinde ona ait olabilecek bir isim aradım, onunla ilişki içinde olabilecek insanları inceledim; bütün gün sinirli bir sabırsızlığın pençesindeydim ve aslında onunla tekrar karşılaşabilecek miyim diye sadece akşamın olmasını bekliyordum. Esrarengiz psikolojik şeylerin üzerimde adeta ürkütücü bir gücü olur; ilişkileri çözmek için yanıp tutuşurum ve tuhaf insanların sadece varlıkları onları tanıma arzusunu bir tutkuya dönüştürür, bu bir kadının elde etme arzusundan çok da az değildir. Gün uzadıkça uzadı, ufalanıp parmaklarımın arasından bomboş akıp gitti. Erkenden yatağa girdim; gece yarısı uyanacağımı, içimdeki merakın beni uyandıracağını biliyordum.

Ve gerçekten de: Bir önceki gece uyandığım saatte uyandım. Saatin fosforlu kadranında akrep ve yelkovan üst üste gelerek parlak bir çizgi oluşturmuşlardı. Aceleyle boğucu kamaramdan çıkarak daha boğucu bir geceye karıştım.

Yıldızlar dün geceki gibi parlıyorlar, dağınık ışıklarını titreyen geminin üstüne boşaltıyorlardı. Yukarılarda Güneyhaçı takımyıldızı ışıl ışıl parlıyordu. Her şey dünkü gibiydi –tropiklerde geceler ve gündüzler birbirlerine bizim küredekinden daha çok benzerler–, sadece içimdeki bu yumuşak, akışkan, hayalperest uyanıklık hali dünkü gibi değildi. Bir şey beni çekiyor, kafamı karıştırıyordu ve o şeyin beni nereye çektiğini biliyordum: Borda kısmındaki o siyah kütleye; acaba hâlâ orada hareketsiz bir biçimde oturuyor muydu, o esrarengiz adam? Yukarıdan geminin çan sesi geldi. Bu beni hızla harekete geçirdi. Adım adım, istem dışı ve yine de o tarafa çekilerek kendimi oluruna bıraktım. Daha pruvaya varmamıştım ki orada birden göze benzeyen kırmızı bir şey parıldadı: Pipo. Demek ki oradaydı.

Gayriihtiyari geri sıçradım ve olduğum yerde kaldım. Bir an sonra yürümeye devam edecektim ki, ileride, karanlıkta bir şey hareket etti, iki adım attı ve birden tam önümde bir ses duydum, kibar ve çekingen bir ses.

"Kusura bakmayın," dedi, "sanırım yine yerinize geçmek istiyorsunuz, ama içimden bir ses sizin beni görünce bundan vazgeçtiğinizi söylüyor. Lütfen, siz yerinize geçin, ben giderim."

Aceleyle, benim açımdan sorun olmadığını, orada kalmasını, sadece onu rahatsız etmemek için geri durduğumu söyledim. "Beni rahatsız etmiyorsunuz," dedi acı bir sesle, "tam tersine, bazen yalnız olmadığıma seviniyorum. On gündür tek bir kelime bile konuşmadım... aslında yıllardır... artık o kadar zor geliyor ki bu, belki de insan her şeyi içine atmaktan boğuluyor zamanla... Artık kamaramda duramıyorum o... o tabutun içinde... artık yapamıyorum... öte yandan insanlara da katlanamıyorum, çünkü bütün gün gülüyorlar... Şu an bunu kaldıramam... sesleri kamaramın ta içine kadar geliyor ve ben kulaklarımı tıkıyorum... kuşkusuz, tabii bilmiyorlar ki... neyse işte bilmiyorlar ve de zaten yabancıları ne ilgilendirir ki bu..."

Tekrar sustu. Sonra aniden ve aceleyle şöyle dedi: "Ama size yük olmak istemem... gevezeliğimi affedin."

Önümde eğilerek oradan ayrılmak istedi. Ama ben buna ısrarla karşı çıktım. "Bana kesinlikle yük olmuyorsunuz. Burada sakin sakin birkaç kelime konuşmak beni de mutlu eder... Bir sigara alır mısınız?"

Bir tane aldı. Sigarasını yaktım. Yüzü yine aydınlanarak geminin siyah duvarından ayrıldı, ama bu kez tamamen bana dönmüştü: Gözlüğün arkasındaki gözleri merak ve delice bir güçle yüzümü inceliyordu. İçimi bir korku kapladı. Bu insanın konuşmak istediğini hissediyordum, konuşmak zorunda olduğunu. Ve biliyordum ki ona yardım etmek istiyorsam susmak zorundaydım.

Tekrar oturduk. Orada ikinci bir şezlongu vardı, onu bana verdi. Sigaralarımız parıldıyordu, onunkinden çıkan ışık çemberinin karanlıktaki o tedirgin titreyişinden ellerinin sarsıntı içinde olduğunu anladım. Ama ben susuyordum, o da susuyordu. Sonra birden kısık bir sesle sordu:

"Çok mu yorgunsunuz?"

"Hayır, kesinlikle değilim."

Karanlıktan gelen ses yine duraksadı. "Size bir şey sormak istiyorum... daha doğrusu size bir şey anlatmak istiyorum. Biliyorum, çok iyi biliyorum, karşıma çıkan ilk kişiye yönelmem çok saçma, ama... ben... ruhsal olarak korkunç bir durumdayım... mutlaka biriyle konuşmak zorunda olduğum bir noktadayım... yoksa mahvolacağım... eminim bunu anlayacaksınız, eğer ben... evet, eğer ben anlatırsam... Bana yardım edemeyeceğinizi biliyorum... ama bu suskunluk beni bir tür hasta etti... ve bir hasta da diğerleri için her zaman gülünçtür..."

Onun sözünü kestim ve kendine bu kadar eziyet etmemesini rica ettim. Bana anlatabilirdi... elbette ona hiçbir şey için söz veremezdim, ama yardıma hazır olduğunu göstermek bir insanlık göreviydi. Eğer insan bir başkasını zor durumda görürse, elbette ona yardım etme mecburiyeti ortaya çıkardı...

"Görev... yardıma hazır olduğunu gösterme... bir girişimde bulunma görevi... Yani siz de aynı fikirdesiniz, siz de, bunun insanlık görevi olduğu fikrindesiniz... yardıma hazır olduğunu gösterme görevi."

Bu cümleyi üç kez tekrar etti. Onun bu duygusuz ve inatçı tekrarları beni dehşete düşürdü. Bu adam deli miydi? Sarhoş muydu?

Ama sanki ben aklımdan geçenleri dudaklarımla söylemişim gibi birden bambaşka bir sesle şöyle dedi: "Belki benim deli olduğumu düşüneceksiniz, ya da sarhoş. Hayır, değilim, henüz değilim. Sadece söylediğiniz o sözcük beni tuhaf bir şekilde etkiledi... tuhaf çünkü, beni rahatsız eden şey tam da bu, yani insanın görevi olup olmaması... görevi..."

Yeniden kekelemeye başladı. Sonra kısa bir süre sustu ve ardından yeni bir şevkle anlatmaya başladı:

"Aslında ben doktorum. Ve bu meslekte böyle vakalarla sık sık karşılaşılır, böyle ölümcül vakalarla... evet, sınırdaki vakalar diyelim, insanın görevi olup olmadığını bilmediği vakalar... yani, sadece diğerine karşı görevi yok ki insanın, kendine karşı da var, devlete karşı da, bilime karşı da var... Yardım edelim, elbette, zaten bunun için varız... ama böyle düsturlar her zaman sadece teoriktir... Nereye kadar yardım edelim ki?.. İşte siz, yabancı bir insan, ben de size yabancıyım ve ben sizden beni burada gördüğünüz konusunda suskun kalmanızı rica ediyorum... tamam, siz de suskun kalıyorsunuz, bu görevi yerine getiriyorsunuz... Sizden benimle konuşmanızı rica ediyorum, çünkü kendi suskunluğumda boğulmak üzereyim... Beni dinlemeye hazırsınız... tamam... Ama bu çok kolay ki... Peki ya sizden beni tutup küpeşteden denize atmanızı rica etsem... o zaman iyilikseverliğiniz, yardımseverliğiniz o noktada biter. Bir yerde biter işte... kişinin kendi yaşamıyla, kendi sorumluluklarıyla karşı karşıya kaldığı yerde... bir yerlerde bitmek zorunda... bu görev bir yerlerde bitmek zorunda... ya da... acaba doktorların görevi bitemez mi? O bir kurtarıcı, her an herkese yardıma hazır biri mi olmalı, sırf üzerinde Latince kelimeler olan bir diploması var diye? Gerçekten de kendi hayatını hiçe mi saymalı, kendi kanına su mu karıştırmalı, sırf biri... sırf biri gelip ondan asil davranmasını, yardımsever ve iyi olmasını istiyor diye? Evet, sorumluluğun da bir sınırı var... insanın artık daha fazlasını yapamadığı bir yer..." Adam tekrar sustu, sonra kendini tekrar toparladı.

"Kusura bakmayın... birden çok heyecanlandım... Ama sarhoş değilim... henüz sarhoş değilim... bu cehennemi yalnızlık içinde bu da başıma sık sık gelir, bunu size rahatlıkla itiraf edebilirim... Düşünün ki yedi yıl boyunca neredeyse yalnızca yerlilerin ve hayvanların arasında yaşadım... böyle olunca da insan sakin konuşmayı unutuyor. O zaman da insan bir başladı mı gerisi sel gibi geliyor... ama bir dakika... evet, hatırladım... size bir şey soracaktım, size bir olay anlatacak ve böyle bir durumda insanın yardım etme yükümlülüğü var mıdır diye soracaktım... yani meleksi bir saflıkla yardım etmek, sanki... Bir yandan da bunun uzun sürmesinden korkuyorum. Gerçekten yorgun değil misiniz?"

"Hayır, kesinlikle değilim."

"Ben... çok teşekkür ederim... Almaz mısınız?"

Karanlıkta el yordamıyla arkasında bir yeri yokladı. Çıkarıp yanına koyduğu iki, üç ya da daha fazla şişe birbirine çarpıp şıngırdadı. Bana bir bardak viski verdi, ben viskiye şöyle bir dudak ucuyla dokunurken o kendininkini bir dikişte boşalttı. Bir an aramızda bir sessizlik oldu. O sırada çan çaldı: Saat yarımdı.

"Neyse... size bir olay anlatmak istiyorum. Varsayın ki bir doktor, küçük... küçük bir şehirde... ya da daha doğrusu kırsalda... bir doktor... bir doktor..."

Tekrar sustu. Sonra koltuğunu hızla çekip bana doğru geldi.

"Bu böyle olmaz. Size her şeyi doğrudan anlatmam lazım, en başından, yoksa anlamayacaksınız... bunu genelleyerek, teori olarak dile getirmek mümkün değil... Size kendi olayımı anlatmam lazım. Burada utanacak, gizleyecek bir şey yok... benim önümde insanlar da çırılçıplak soyunuyorlar; bana yaralarını, idrarlarını, dışkılarını gösteriyorlar... eğer insan kendisine yardım edilmesini istiyorsa lafı dolandırmamalı, hiçbir şey saklamamalı... Hiçbir şekilde size hayali bir doktoru anlatmayacağım... çırılçıplak soyunuyorum ve diyorum ki: Ben... bu kirli yalnızlık içinde utanmayı tamamen unuttum, insanın ruhunu parçalayan ve kemiklerinden iliğini emen bu lanet olası ülkede."

Herhangi bir hareket yapmış olmalıyım ki birden durdu.

"Ah, karşı çıkıyorsunuz... anlıyorum. Hindistan sizi büyüledi, tapınaklar ve palmiye ağaçları, bütün romantizmiyle iki aylık bir gezi. Evet, tropikler çok büyüleyici doğrusu, trenle, otomobille, çekçekle gezildiğinde: Yedi yıl önce buraya ilk geldiğimde ben de daha farklı hissetmedim. O zamanlar neler hayal etmedim ki; dili öğrenecektim, kutsal kitapları orijinalinden okuyacaktım, hastalıkları inceleyecektim, bilimsel çalışmalar yapacaktım, yerlilerin psişelerini –Avrupa jargonunda böyle denir ya– araştıracaktım; insanlığın, medeniyetin bir misyoneri olacaktım. Buraya gelen herkes aynı hayali kurar. Ama bu görünmez sera içinde insanın gücü tükenir, ateş –ne kadar kinin yutarsan yut yine de ateşin çıkar– insanın iliklerine işler, halsiz ve bitkin düşersin, pelteleşir, denizanası gibi olursun. Bir şekilde kişi Avrupalı olarak gerçek varlığından uzaklaşır, büyük şehirlerden gelip böyle lanet olası bir bataklığın içine girdiği zaman: Er ya da geç herkes pes eder; kimi içki içer, kimi afyon çeker, kimileri de dövüşür ve canavarlaşır – herkes en azından bir parça delirir. Avrupa'yı özlersin, bir gün tekrar bir sokakta yürümenin, aydınlık taş bir odada beyaz insanlarla oturmanın hayalini kurarsın, yıllarca ve yıllarca bunu hayal edersin ve en sonunda izne çıkma zamanın gelir, ama kalkıp gidemeyecek kadar tembelleşmişsindir. Orada seni unuttuklarını bilirsin, artık yabancısındır, bu denizde herkesin tekmelediği bir deniz kabuğusundur. Böylece orada kalırsın, o sıcak, ıslak ormanlarda bataklığa gömülür, heba olur gidersin. Kendimi o pislik yuvasına sattığım güne lanet olsun...

Öte yandan, bu iş o kadar da insanın kendi isteğiyle gerçekleşmiş bir şey değildir. Ben Almanya'da üniversite okudum, tıp adamı, hatta Leipzig Kliniği'nde çalışan iyi bir doktor oldum; tıp dergisinin çoktan unutulup gitmiş bir sayısında çıkan, ilk kez benim kullandığım bir iğne haberi, o zamanlar büyük bir gürültü koparmıştı. Bir kadın vaka vardı, hastanede tanıdığım bir insandı; sevgilisini o kadar delirtmişti ki adam sonunda onu tabancayla vurmuştu, kadın kısa sürede beni de delirtti. İnsanı son derece öfkelendiren kibirli ve soğuk bir havası vardı – bu tür dominant ve küstah kadınların benim üzerimde her zaman bir etkisi vardır, ama bu beni öyle bir cendereye almıştı ki neredeyse kemiklerim kırılacaktı. Sonunda onun istediğini yaptım, ben –bunu neden söylemeyeyim ki, aradan sekiz yıl geçmiş– onun için hastanenin para kasasına el uzattım ve olay ortaya çıkınca tabii kıyamet koptu. Amcam olayı bir şekilde kapattı, ama kariyerim de böylece son bulmuş oldu. Neyse, o günlerde Hollanda hükümetinin sömürgelerde çalıştırılmak üzere doktorlar aradığını ve yüklü bir avans vaat ettiğini duydum. Hemen şöyle düşündüm, eğer bir avans veriyorlarsa temiz bir iş olmalı, bu ateşli arazilerde mezar taşlarının bizdekinden üç kat hızlı çoğaldığını biliyordum, ama insan genç olunca ateşin ve ölümün her zaman başkalarına sıçrayacağını düşünür. Neyse, fazla seçeneğim yoktu, atlayıp Rotterdam'a gittim, on yıllığına kayıt yaptırdım, kalınca bir para destesi verdiler; yarısını eve, amcama gönderdim, kalan yarısını orada, liman mahallesinde bir kadına kaptırdım, kadın neyim var neyim yoksa elimden aldı, çünkü öteki lanet olası kadına o kadar çok benziyordu ki... Parasız, saatsiz, hayalsiz bir şekilde Avrupa'dan ayrıldım, limandan yola çıktığımızda pek de üzgün değildim. Sonra güvertede öylece, tıpkı sizin gibi, diğerleri gibi oturdum ve Güneyhaçı'nı, palmiyeleri izledim, kalbim hızla çarpıyordu – ah, ormanlar, yalnızlık, sessizlik, diye hayal ediyordum! Neyse – yalnızlığa yeterince sahiptim. Beni Batavia ya da Surabaya gibi insanların olduğu, kulüplerin, golfün, kitapların ve gazetelerin olduğu bir şehre vermediler, bilakis –şu an isminin herhangi bir önemi yok– kırsaldaki istasyonlardan birine verdiler, en yakın şehir iki günlük yoldaydı. Birkaç sıkıcı, kavruk memur, birkaç melez, çevremdeki insanlar bu kadardı; gerisi uçsuz bucaksız ormanlar, tarlalar, çalılıklar ve bataklıklardı.

Başlangıçta henüz katlanılır bir şeydi. Çok çeşitli araştırmalar yapıyordum. Bir keresinde başkan yardımcısı denetleme amacıyla dolaşırken otomobili devrilip de bacağı parçalanınca, yardımcılarım olmadan bir ameliyat gerçekleştirdim, bunun hakkında çok konuşuldu; yerlilerden zehirler ve silahlar topluyordum, uyanık kalabilmek için yüzlerce küçük şeyle uğraşıyordum. Ama bütün bunlar, Avrupa'dan gelen güç içimde var olduğu sürece yolunda gitti. Sonra kuruyup kaldım. Oradaki birkaç Avrupalıdan çok sıkılmıştım, onlarla ilişkimi kestim, kendimi içkiye ve hayallere verdim. Sadece iki yılım kalmıştı, sonra emekli olup özgürlüğüme kavuşacaktım, Avrupa'ya geri dönebilecek, orada yeni bir hayata başlayabilecektim. Aslında beklemekten başka hiçbir şey yapmıyordum, sessizce yatıyor ve bekliyordum. Bugün de hâlâ öyle oturuyor olacaktım, şayet o... şayet o şeyler olmamış olsaydı."

Karanlıktaki ses kesildi. Piponun koru da parlamıyordu artık. Ortalık o kadar sessizleşmişti ki, birden köpükler içinde geminin gövdesine vuran suların sesini ve makine dairesinin uzaklardan gelen boğuk kalp atışlarını duymaya başladım. O an bir sigara yakmayı çok isterdim, ama kibritin parlayacak alevinden ve adamın yüzünde oluşacak yansımadan çekiniyordum. O ise sustukça susuyordu. Anlatısının sonuna mı geldi, uyuklamaya mı başladı, yoksa tamamen uykuya mı daldı bilemiyordum, öylesine bir ölüm sessizliğine bürünmüştü ki. Tam o sırada gemi çanı bir kere, düz ve güçlü bir sesle çınladı: Saat bir. Adam yerinden sıçradı, tekrar bardak şıngırtıları duyuldu. Belli ki el yordamıyla viskiyi arıyordu. Hafif bir yudum sesi duyuldu – sonra birden, ses tekrar anlatmaya başladı, bu sefer sanki daha gergin, daha heyecanlıydı.

"Neyse... ne diyordum... neyse, öyle işte. Lanet olası inimde oturuyordum, ağına kurulmuş bir örümcek gibi aylardır kıpırdamadan oturuyordum. Yağmur mevsiminin hemen sonrasıydı. Haftalarca damdaki yağmur tıpırtılarını duymuştum, gelen giden yoktu, hiç Avrupalı gelmemişti, evdeki sarı benizli kadınlarla ve viskimle her gün ama her gün evde oturmuştum. Tamamen çökmüş durumdaydım, Avrupa özlemiyle dopdoluydum; ne zaman aydınlık sokaklar ve beyaz kadınlardan söz eden bir roman okusam parmaklarım titremeye başlıyordu. Durumu size tam olarak anlatmam mümkün değil, bir tür tropik hastalık, insanı zaman zaman yakalayan öfkeli, ateşli ama aynı zamanda güçsüz bir nostalji. O gün sanırım bir atlasın başına oturmuş, seyahat hayalleri kuruyordum. Tam o sırada biri telaşla kapıyı çaldı, kapıda kadınlardan biri ve bir oğlan bekliyordu, ikisinin de gözleri hayretten fal taşı gibi açılmıştı. Kocaman el kol hareketleri yaparak anlatmaya çalışıyorlardı: Bir madam gelmiş, bir lady, bir beyaz kadın.

Ayağa fırladım. Bir aracın, bir otomobilin geldiğini duymamıştım. Beyaz bir kadın burada, bu yabani ormanın ortasında ha?

Merdivenden inmek istiyorum, ama son anda kendimi çekiyorum. Aynaya bir göz atıyorum, aceleyle üstümü başımı düzeltiyorum. Gerginim, huzursuzum, hoş olmayan bir his içimi kemiriyor, zira dünya üzerinde, sırf dostluk duygularıyla beni burada ziyaret edecek bir tanıdığım yok. Nihayet merdivenlerden iniyorum.

Holde bir hanım bekliyor ve beni görünce telaşla bana doğru atılıyor. Kalın bir yolculuk peçesiyle kapatmış yüzünü. Onu selamlamak istiyorum ama o aceleyle sözü benden alıyor. 'İyi günler doktor,' diyor akıcı (ama fazlaca akıcı ve önceden ezberlenmiş gibi duran) bir İngilizceyle. 'Böyle habersiz geldiğim için beni bağışlayın. Ama zaten istasyondaydık, arabamız karşıda duruyor' –neden arabayla binanın önüne kadar gelmemiş diye bir düşünce geçiyor kafamdan yıldırım hızıyla– 'birden sizin burada yaşadığınızı hatırladım. Hakkınızda çok şey duymuştum. Başkan yardımcısına yaptığınız şey tam anlamıyla sihirbazlıktı, bacağı yine kusursuz hale geldi, eskisi gibi golf oynuyor. Ah, evet, bizim orada herkes hâlâ bundan söz ediyor, şayet siz bize gelecek olsanız o suratsız cerrahımız ve diğer iki kişiyi derhal gönderirdik. Hem neden sizi aşağıda, bizim orada görmüyoruz, doğrusu bir yogi gibi yaşıyorsunuz burada...'

Bu şekilde gevezeliğe devam ediyor, aceleyle, giderek daha bir aceleyle konuşuyor, benim ağzımı açmama bile fırsat vermiyor. Kadının laf salatasında gergin ve savruk bir hal var ve bu beni de tedirgin ediyor. Neden bu kadar hızlı konuşuyor, diye soruyorum kendi kendime, neden kendini tanıtmıyor, neden peçesini çıkarmıyor? Ateşi mi var? Hasta mı? Delirmiş mi? Giderek sinirleniyorum, çünkü o laf salatasını sağanak halinde üzerime boşaltırken benim onun karşısında böyle suskun bekleyişimin gülünç olduğunu hissediyorum. Nihayet susar gibi oluyor ve onu yukarı davet etmeyi başarıyorum. Oğlana küçük bir hareketle beklemesini işaret ediyor, sonra önüme geçip merdivenleri tırmanıyor.

'Burası çok sevimli,' diyor, odamda göz gezdiriyor. 'Ah, ne güzel kitaplar! Hepsini okumak isterdim!' Kitaplığa yaklaşıyor ve kitapların adlarını inceliyor. Onunla karşılaştığımdan beri ilk kez burada bir dakika kadar susuyor.

'Size bir çay ikram edebilir miyim?' diye sordum.

Arkasına dönmüyor, sadece kitap isimlerine bakıyor. 'Hayır, teşekkürler, doktor... hemen yine yola devam etmek zorundayız... çok fazla vaktim yok... küçük bir kaçamak yaptım o kadar... Ah, burada Flaubert de varmış, ne kadar da severim... harika, harika, *L'Éducation sentimentale**... bakıyorum Fransızca da okuyorsunuz... elinizden her şey geliyor! Almanlar işte, her şeyi okulda öğreniyorlar... gerçekten muazzam, bu kadar çok dil bilmek!.. Başkan yardımcısının size güveni tam, her zaman sizin bıçağı altına yatacağı tek kişi olduğunuzu söyler, bizim oradaki sevgili cerrahımız da briç konusunda yetenekli... Ayrıca biliyor musunuz – (hâlâ arkasına dönmüş değil) bugün aklıma ne geldi, size muayene olmam lazım... ve mademki tam da buradan geçiyorduk, düşündüm ki... neyse, sizin şimdi işiniz vardır... en iyisi ben başka bir zaman geleyim.'

'Nihayet elindeki kartları açıyorsun!' diye düşündüm hemen. Ama hiçbir şey belli etmedim, tersine şimdi ya da ne zaman isterse ona hizmet etmenin benim için bir onur olacağını söyledim.

'Ciddi bir şey değil,' dedi, hafifçe bana dönmüştü, bir yandan da raftan aldığı bir kitabın sayfalarını çeviriyordu, 'ciddi bir şey değil... ufak tefek şeyler... kadın meseleleri... baş dönmeleri, baygınlıklar. Bu sabah, bir virajı alırken birden olduğum yere yığıldım, *raide morte***... oğlan beni arabada doğrultmak zorunda kaldı ve gidip su getirdi... neyse, belki de şoför fazla hızlı sürmüştür... öyle değil mi doktor?'

'Buna bu şekilde karar veremem. Sık sık bu tür baygınlıklar geçiriyor musunuz?'

---

* Duygusal Eğitim. (ç.n.)

** (Fr.) Taş gibi ölü. (ç.n.)

'Hayır... daha doğrusu evet... son zamanlarda... özellikle de en son zamanlarda... evet... bu türden bayılmalar ve mide bulantıları.'

Kadın tekrar kitaplığın önünde, elindeki kitabı yerine koyup bir başkasını alıyor ve sayfalarını çevirmeye başlıyor. Tuhaf, neden sürekli kitapları böyle... böyle sinirli bir şekilde karıştırıyor ki, neden gözlerini peçenin altından kaldırıp bakmıyor? Bilerek hiçbir şey söylemiyorum. Onu bekletmek hoşuma gidiyor. En sonunda o teklifsiz ve geveze tarzıyla yeniden konuşmaya başlıyor.

'Değil mi doktor, ciddi bir şey yok, değil mi? Tropikal bir mesele değil... tehlikeli bir şey değil...'

'Önce ateşinizin olup olmadığına bakmam lazım. Nabzınızı rica edebilir miyim?'

Ona doğru yürüyorum. Hafifçe yana kaçıyor.

'Hayır, hayır, ateşim yok... kesinlikle, kesinlikle yok... ben kendim her gün ölçtüm, o... o ilk bayılmadan bu yana. Asla ateşim olmadı, hep tamı tamına 36.4 çıktı. Midem de sağlıklı.'

Bir an tereddüt ediyorum. Başından beri içimde beni rahatsız eden bir his var: Bu kadının benden bir şey istediğini hissediyorum, kimse sırf Flaubert üzerine konuşmak için kalkıp vahşi bir ormana gelmez. Onu bir iki dakika bekletiyorum. 'Kusuruma bakmayın,' diyorum sonra doğrudan doğruya, 'size tamamen samimi birkaç soru sorabilir miyim?'

'Elbette, doktor! Siz hekimsiniz,' diye cevap veriyor, ama bana tekrar arkasını dönüyor ve kitaplarla oynuyor.

'Çocuklarınız var mı?'

'Evet, bir oğlum var.'

'Ve siz... siz o zaman... yani o dönemde... benzer şeyler yaşadınız mı?'

'Evet.'

Sesi şimdi bambaşka. Son derece berrak, son derece kesin, katiyen geveze, katiyen sinirli değil.

'Ve acaba... soruyu mazur görün... şimdi de aynı durumda olmanız mümkün mü?'

'Evet.'

Bir bıçak gibi keskin ve delici çıkıyor bu sözcük ağzından. Öbür tarafa dönük yüzünde titreyen tek bir çizgi bile yok.

'Bu durumda belki de en iyisi, sevgili bayan, sizi genel bir muayeneden geçirmek... acaba rica etsem diğer... diğer odaya zahmet buyurmaz mısınız?'

Bunun üzerine birden bana dönüyor. Örtünün altında bana karşı soğuk, kararlı bir bakış hissediyorum.

'Hayır... buna gerek yok... durumumdan kesinlikle eminim.'"

Ses bir an tereddüt etti. Doldurulan bardak karanlıkta tekrar ışıldadı.

"Pekâlâ dinleyin... Ama önce bir an için bu durumu düşünmeye çalışın. Kendi yalnızlığı içinde yok olup gitmekte olan bir adama bir kadın geliyor, yıllardır odasına giren ilk beyaz kadın... ve birden hissediyorum ki, odada kötü bir şey var, bir tehlike. Bir şekilde üzerime çullanmıştı: Bu kadının çelik gibi sert kararlılığından dehşete düşmüştüm, geveze bir konuşma tarzıyla içeriye dalmış ve sonra birden bıçak çeker gibi ne istediğini ortaya koymuştu. Zira benden ne istediğini biliyordum, elbette, hemen anlamıştım – kadınların benden böyle bir şey istemeleri ilk kez olmuyordu, ama diğerleri farklı gelmişlerdi, utanarak ya da yalvararak, gözyaşlarıyla, yeminlerle gelmişlerdi. Ama bu seferki... evet, çelik gibi, erkeksi bir kararlılıktaydı... ilk andan itibaren bu kadının benden daha güçlü olduğunu hissetmiştim... beni boyunduruğu altına alabileceğini, istediği gibi yönetebileceğini... Ama... ama... benim içimde kötü bir şey de vardı... kendini savunan bir adam, bir tür kindarlık, zira... dedim ya... ilk andan itibaren, hatta onu görmeden önce, bu kadını bir düşman olarak hissetmiştim.

Şimdilik susuyordum. İnatla ve acımasızca. Onun peçenin altından bana baktığını hissediyordum, dimdik ve meydan okuyarak; beni konuşmaya zorladığını hissediyordum. Ama o kadar kolay pes etmedim. Konuşmaya başladım, ama... lafı dolandırarak... hatta farkında olmadan onun o geveze, umursamaz tarzını taklit ederek. Sanki onu anlamamış gibi yapıyordum, zira –bunu şimdi hissedebilir misiniz bilemiyorum– onu daha açık konuşmaya zorlamak istiyordum, bir şey sunan değil, tersine bir şey istenen kişi olmak istiyordum... özellikle de onun tarafından, bu kadar dominant geldiği için... ve beni kadınlarda bu kibirli ve soğuk tavırdan daha çok boyunduruğu altına alan bir şey olmadığı için.

Yani lafı dolandırıyordum, bunun korkulacak bir durum olmadığını söylüyordum, bu tür bayılmalar olayın normal akışına dahildi, hatta bunlar neredeyse iyi bir gelişim sürecinin teminatıydı. Klinik gazetelerinden bazı vakalar aktardım... konuştum, konuştum, umursamaz ve kayıtsızdım, meseleyi neredeyse sıradan bir olay gibi gösteriyordum ve... ve her an sözümü kesmesini bekliyordum. Çünkü buna katlanamayacağını biliyordum.

O sırada oldukça sert bir şekilde, adeta bütün bu rahatlatıcı konuşmayı bir kenara itmek isteyen bir el hareketiyle araya girdi.

'Beni tedirgin eden şey, Doktor, bu değil, oğlumu dünyaya getirdiğim zaman sağlığım daha iyi durumdaydı... ama şimdi o kadar iyi değilim... kalp rahatsızlıklarım var...'

'Ah, kalp rahatsızlıkları,' diye tekrar ettim, tedirgin olmuş gibi yapıyordum, 'o zaman buna hemen bakmam lazım.' Sanki kalkıp stetoskobu alıp gelecekmiş gibi bir hareket yaptım.

Ama yine araya girdi. Sesi bu sefer son derece keskin ve kararlıydı – bir komutan sesi gibiydi.

'Kalp rahatsızlıklarım Doktor ve sizden söylediklerime inanmanızı rica ediyorum. Muayenelerle zaman kaybetmek istemiyorum. – Bana biraz güvenebilirsiniz diye düşünüyorum. En azından ben size olan güvenimi yeterince kanıtladım.'

Artık bu bir savaştı, açıkça meydan okumaydı. Ben de kabul ettim.

'Güvenin şartı samimiyettir, kayıtsız şartsız samimiyet. Açık konuşun, ben doktorum. Ve her şeyden önce şu peçeyi kaldırın, gelin şuraya oturun, kitapları bırakın ve de dolambaçlı yolları... İnsan doktora peçeyle gelmez.'

Bana baktı, dimdik ve gururlu. Bir an duraksadı. Sonra oturdu ve peçesini yukarı kaldırdı. Tam da görmekten korktuğum bir yüzdü – içine nüfuz edilemeyen bir yüz; sert, kontrollü, yaştan bağımsız bir güzellik, bütünüyle huzurlu görünen, ama arkasında bütün tutkuları hayal edebileceğiniz gri İngiliz gözleri olan bir yüz. O ince, dudakları birbirine bastırılmış ağız, istemediği hiçbir sırrı ele vermiyordu. Bir dakika boyunca birbirimize baktık – o hem emredici hem de sorgulayıcıydı; bakışlarında soğuk, çelik gibi bir acımazlık vardı, öyle ki buna daha fazla dayanamayıp istemsizce bakışlarımı yana çevirdim.

Parmaklarıyla hafif hafif masaya vuruyordu. Demek ki onun içinde de bir huzursuzluk vardı. Sonra birden hızlı hızlı, 'Sizden ne istediğimi biliyor musunuz Doktor,' dedi, 'ya da bilmiyor musunuz?'

'Bildiğimi sanıyorum. Ama en iyisi gayet açık olalım. Siz şu anki durumunuza bir son vermek istiyorsunuz... Sizi bayılmalarınızdan, bulantılarınızdan kurtarmamı istiyorsunuz, bunlara neden olan şeyi... şeyi ortadan kaldırmak suretiyle... öyle değil mi?'

'Evet.'

Bir giyotin gibi düşmüştü bu sözcük.

'Bu tür girişimlerin tehlikeli olduğunu da biliyor musunuz? Her iki taraf için de?'

'Evet.'

'Bunu yapmamın kanunen yasak olduğunu?'

'Yasak olmayan, aksine önerilen durumlar da var.'

'Ama bunlar tıbbi zorunluluk durumları.'

'O halde o zorunluluğu da siz bulacaksınız. Doktor sizsiniz.'

Net, dimdik, hiç kırpmadan bakıyordu gözleri bana. Bu bir emirdi ve zavallı ben onun iradesindeki bu şeytani otorite karşısında hayranlıkla titriyordum. Ama çoktan ayaklar altına alınmış olduğumu göstermemek için hâlâ debeleniyordum. 'Sakın acele etme! Zorluklar çıkar! Onu yalvarmaya zorla!' diyen bir arzu vardı içimde.

'Bu her zaman doktorun elinde olan bir şey değildir. Ama hastaneden bir meslektaşımla...'

'Meslektaşlarınızı istemiyorum... ben size geldim.'

'Sorabilir miyim acaba, neden özellikle ben?'

Bana soğuk bir bakış fırlattı.

'Bunu size söylemekte bir sakınca görmüyorum. Çünkü siz şehirdışında oturuyorsunuz, çünkü beni tanımıyorsunuz – çünkü iyi bir doktorsunuz ve çünkü...' Burada ilk kez duraksadı – 'çünkü herhalde buralarda fazla kalmazsınız, bilhassa... bilhassa da eve yüklü miktarda para götürme imkânı bulursanız.'

Birden buz gibi oldum. Bu katı, bu esnaf, bu tüccar hesapçılığındaki netlik beni serseme çevirmişti. O ana kadar dudaklarını hiç rica için açmamıştı – ama her şeyi çoktan hesaplamıştı, önce bana pusu kurmuş ve sonra izimi sürmüştü. İradesindeki şeytaniliğin içime nasıl sızdığını hissediyordum, ama bütün öfkemle kendimi savundum. Bir kez daha kendimi nesnel – hatta neredeyse alaycı olmaya zorladım.

'Bu yüklü miktarı da siz... siz mi sağlayacaksınız bana?'

'Yardımlarınız ve derhal buradan ayrılmanız için.'

'Bu yüzden emekliliğimi kaybedeceğimi biliyor musunuz?'

'Bu zararınızı karşılayacağım.'

'Çok açıksözlüsünüz... ama ben daha da açık olmanızı istiyorum. Bana bunun için ödemeyi düşündüğünüz miktar nedir?'

'On iki bin gulden, Amsterdam'da tahsil edebileceğiniz bir çek olarak.'

Ben... titriyordum... öfkeden titriyordum... ve hatta hayranlıktan. Her şeyi hesaplamıştı, miktarı ve ödeme biçimini, ki bu beni buradan ayrılmaya zorlayacaktı, bana bir değer biçmiş ve satın almıştı, tanımadığı halde, iradesinin önsezisiyle bana hâkim olmuştu. İçimden suratına bir tokat atmak geçiyordu... ama titreyerek ayağa kalkıp –o da ayağa kalkmıştı– gözlerimi gözlerine diktiğimde, o rica etmeyen, sımsıkı kapalı ağza, eğilmek istemeyen kibirli alna bakarken birden içimi şiddetli bir... bir tür hırs kapladı. O da bunu hissetmiş olmalıydı, çünkü kendini rahatsız eden birini başından savmak istercesine kaşlarını kaldırmıştı: Aramızdaki nefret birden açığa çıkmıştı. Bana ihtiyacı olduğu için benden nefret ettiğini biliyordum ve ben de ondan... ondan rica etmeyi bilmediği için nefret ediyordum. Bu bir, bu bir saniye suskunluk sırasında ilk kez birbirimizle dürüst konuştuk. Sonra bir düşünce bir sürüngen gibi içime sokuldu ve ona dedim ki... dedim ki...

Ama durun, bunu böyle yanlış anlarsınız, yaptığım şeyi... söylediğim şeyi... önce size açıklamam lazım, nasıl... niçin bu çılgınca fikrin içimi kapladığını..."

Yine karanlıkta bir bardak şıngırdadı. Ve ses daha heyecanlı bir hal aldı.

"Bir mazeret olarak değil ya da kendimi haklı göstermek, haklı çıkarmak için değil... Çünkü aksi halde anlayamayacaksınız... daha önce hiç iyi bir insan ya da ona benzer bir şey oldum mu bilmiyorum, ama... galiba her zaman yardımsever biriydim... Oradaki o kirli hayat içinde, insanın beynine sıkıştırdığı bir avuç bilgiyle herhangi birine hayatında bir parça nefes verebilmek, insanın tek mutluluğu... bir tür tanrısal mutluluk... Gerçekten, sarı benizli bir oğlanın, korkudan mosmor kesilmiş, davul gibi şiş ayağında bir yılan ısırığıyla gelip, daha şimdiden ayağını kesmemeleri için ağlaması ve benim onu bir şekilde kurtarmayı başarmam, yaşadığım en güzel anlardır. Bir kadının ateşi yükseldiğinde saatlerce yol gitmekten çekinmiyordum – bu kadının istediği türden şeyler konusunda da yardımcı oldum, daha Avrupa'daki klinikteyken bile. Ama orada bu insanın birini *gereksindiğini* hissediyordunuz, orada birini ölümden kurtardığınızı biliyordunuz ya da çaresizlikten – ve insanın bizzat kendisinin de yardım etmek için buna ihtiyacı vardı, başkasının size ihtiyacı olduğu duygusuna.

Ama bu kadın –bunu size anlatabilir miyim bilmiyorum– beni çileden çıkarıyordu, gezinir gibi içeri girdiği andan itibaren beni tahrik ediyordu, kibri yüzünden beni direnmeye itti, her şeyi tahrik ediyordu – nasıl söylesem... bütün bastırılmış şeyleri, bütün gizlenmiş şeyleri açığa çıkarıyor, içimdeki bütün kötülüğü ona karşı ayaklandırıyordu. Bir hanımefendiyi oynaması, ortada bir ölüm kalım sorunu varken son derece soğukkanlı bir ticaret organize etmiş olması beni çıldırtıyordu... Ve sonra... sonra... sonuçta insan golf oynarken hamile kalmaz... biliyordum ki... yani birden bir –o an aklıma gelen şey buydu– birden ürkütücü bir berraklıkla, bu soğukkanlı, bu kibirli, bu soğuk kadının; ona sadece karşı çıkmaya çalışan... hatta neredeyse başımdan atmaya yönelik bir bakış fırlattığımda kaşlarını o çelik gibi gözlerinin üstünde dimdik kaldıran bu kadının iki ya da üç ay önce yatakta bir adamla ateşli bir şekilde yuvarlanmış olduğunu hatırladım; bir hayvan gibi çırılçıplak, belki de şehvetten inleyerek, bedenlerini iki dudak gibi birbirine bastırarak... O sırada bana öyle kibirli, öyle buz gibi, tıpkı bir İngiliz subayı gibi bakarken birden, birden içimi kaplayan yakıcı düşünce buydu... ve o anda, o anda içimdeki her şey gerildi... onu aşağılama fikrinin pençesine düştüm... o andan itibaren vücudunu elbisesinin içinde çıplak görmeye başladım... o andan itibaren sadece ona sahip olma düşüncesi içinde yaşadım, sert dudaklarından bir inleme çıkartmak; bu soğuk, bu kibirli kadını şehvet içinde hissetmek istedim, o herifin, o öteki herifin yaptığı gibi, o tanımadığım herifin yaptığı gibi. Bunu... bunu anlatmak istiyordum size... Her ne kadar yozlaşmış biri olsam da bir doktor olarak hiçbir zaman durumdan faydalanmaya çalışmadım... Ama bu seferki şehvet değildi, azgınlık değildi, cinsellik değildi, gerçekten değildi... yoksa bunu itiraf ederdim... sadece bir kibrin efendisi olma hırsıydı... Bir erkek olarak efendi... Size söyledim, sanırım, kibirli, görünürde soğuk kadınların üzerimde büyük bir güç sahibi olduklarını söylemiştim... ve bu sefer, bu sefer, hiçbir beyaz kadınla birlikte olmadan yedi yıldır orada yaşıyor olmam, artık hiçbir kadının bana direnmemesi de buna ekleniyordu... Zira buradaki kızlar, o cıvıl cıvıl, narin hayvancıklar, bir beyaz, bir 'efendi' onlara sahip olmak istediğinde saygıdan tir tir titriyorlardı... tevazu içinde eriyip gidiyorlardı, her zaman müsait, her zaman sessiz, kıkırdayan gülmeleriyle insana hizmet etmeye hazırdılar... ama işte tam da bu itaatkârlık, bu kul kölelik insanın zevkini kaçırıyordu... Şimdi anlıyor musunuz, kibir ve nefret dolu, tepeden tırnağa örtülü, ama aynı zamanda etrafa gizem saçan ve eski bir tutkuyla yüklenmiş durumda bir kadın birden karşıma çıktığında... bunun üzerimde nasıl yıkıcı bir etki yaptığını anlıyor musunuz... böyle bir kadın böyle bir erkeğin; böylesine yalnız, aç, kapana kısılmış bir insansı canavarın kafesine pervasızca girdiğinde... bunu... sadece bunu söylemek istiyordum ki öteki şeyi anlayabilesiniz... yani şimdi anlatacaklarımı. Neyse... Kötü bir hırsla dopdolu olarak, o kadına dair düşüncelerden –çıplak, şehvetli, arzulu– zehirlenmiş bir halde, kendimi zorbela toparladım ve sahte bir umursamazlığa büründüm. Sakin bir sesle 'On iki bin gulden mi?' dedim, 'Hayır, bunun karşılığında o işi yapmam.'

Bana baktı, yüzü biraz solgundu. Onu reddetmemin para hırsıyla ilgili olmadığını hissetmiş olmalıydı. Ama yine de, 'O halde ne istiyorsunuz?' diye sordu.

Soğukkanlı ses tonunu daha fazla sürdürmedim. 'Kartlar açık oynuyoruz. Ben tüccar değilim... ben *Romeo ve Juliet*'teki '*corrupted gold*'* karşılığında zehir satan fakir eczacı değilim... ben belki de bir tüccarın tam tersiyim... bu yolla arzularınızın gerçekleştiğini göremeyeceksiniz.'

'Yani yapmak istemiyorsunuz?'

'Para karşılığında değil.'

Bir saniye boyunca aramızda derin bir sessizlik oldu. Öyle bir sessizlikti ki ilk kez kadının nefes alışlarını duyuyordum.

'Başka ne isteyebilirsiniz ki?'

Artık kendimi tutmadım.

'Öncelikle sizin... sizin benimle bir hırdavatçıyla konuşur gibi değil, bir insanla konuşur gibi konuşmanızı arzu ediyorum. Sizin, şayet yardıma ihtiyacınız varsa, hemen... hemen o çirkin paranızla konuya girmemenizi... tersine... rica etmenizi, benden, insandan, size, insana, yardım rica etmenizi... ben sadece doktor değilim... benim sadece vizite saatlerim yok... başka saatlerim de var... belki siz de böyle bir saatte gelmişsinizdir...'

Bir an susuyor. Sonra ağzı hafifçe büzülüyor, titriyor ve hızlıca şöyle diyor:

'Yani sizden rica edersem... o zaman yapacak mısınız?'

'Yine pazarlık yapmak istiyorsunuz – sadece, önceden söz verirsem rica edeceksiniz. Önce benden rica etmeniz gerekiyor – sonra size cevap vereceğim.'

İnatçı bir at gibi başını geriye atıyor. Öfkeyle bana bakıyor.

'Hayır, sizden rica etmeyeceğim. Ölmeyi tercih ederim.'

O anda içimi bir öfke kaplıyor, o kırmızı, anlamsız öfke.

'O zaman ben talep edeceğim, eğer rica etmek istemezseniz. Sanırım çok açık olmama gerek yok – sizden arzuladığım şeyi biliyorsunuz. O zaman – o zaman size yardım edeceğim.'

---

* Kirli altın. Shakespeare'in tragedyasında V. Sahne, I. Perde'yi anıştıran bir ifade. (ç.n.)

Birden gözlerini dikip bana baktı. Sonra –ah yapamam, ne kadar korkunç olduğunu anlatamam– sonra yüz hatları gerildi ve sonra... sonra birden başladı... anlatılmaz bir küçümsemeyle suratıma gülüyordu... beni toz duman eden bir küçümsemeyle... aynı zamanda beni sarhoş da eden... Bir patlama gibiydi, öylesine ani, öylesine şiddetli, bu küçümseyici gülüşün muazzam gücüyle öylesine güçlü bir patlama oldu ki o an... evet o an yere kapanabilir ve ayaklarını öpebilirdim. Sadece bir saniye sürdü... bir yıldırım gibiydi ve bütün vücudumu alevler sarmıştı... o sırada kadın arkasını dönmüş ve aceleyle kapıya doğru yürümeye başlamıştı.

İstemsizce arkasından gitmek istedim... özür dilemek... ona yalvarmak... ama bütün gücüm tükenmişti... o sırada kadın bir kere daha döndü ve şöyle dedi... hayır, şöyle:

'Sakın beni takip etmeye ya da hakkımda araştırma yapmaya kalkmayın... pişman olursunuz.'

Ve kapıyı arkasından çarpıp çıktı."

Yine bir duraksama. Yine bir suskunluk... Yine sadece o hışırtılar, ay ışığı akıyormuş gibi. Ve derken yine konuşmaya başlayan ses.

"Kapıyı çarptı... ama ben olduğum yerde kıpırdamadan durdum... verdiği emirden adeta hipnotize olmuştum... onun merdivenlerden indiğini duydum, sonra binanın kapısını kapattığını... her şeyi duydum ve bütün iradem peşinden gitmeye zorluyordu beni... onu... ne bileyim... geri çağırmaya zorluyordu ya da dövmeye ya da boğmaya... ama peşinden... peşinden... Ama yapamadım. Organlarım elektrik çarpmasına maruz kalmış gibi, adeta felç olmuştu... vurulmuştum işte, o bakışın buyurgan yıldırımı iliklerime kadar işlemişti... Bilmiyorum, bu açıklanamaz, anlatılamaz... kulağa gülünç gelebilir, ama orada öylece durdum, durdum... bir ayağımı yerden koparabilmem için dakikalar geçmesi gerekti, belki beş, belki on dakika...

Ama daha bir ayağımı hareket ettirir ettirmez ısınmıştım, çoktan hızlanmıştım... saniyeler içinde merdivenden indim... Kadın uygarlığa ulaşabilmek için yoldan aşağı yürümüş olmalıydı... depoya fırlıyorum, bisikletimi almak için, ama anahtarımı unuttuğumu fark ediyorum, kapıyı koparırcasına açıyorum, bambular çatırtıyla parçalanıyor... ve bisiklete atladığım gibi kadının peşinden sürüyorum... ona... ona yetişmek zorundayım, otomobiline varmadan önce... onunla konuşmak zorundayım...

Yol toz içinde yanımdan geçip gidiyor... yukarıda ne kadar süre donup kalmış olduğumu ancak şimdi fark ediyorum... işte... ormanın içindeki dönemeçte, istasyonun hemen önünde görüyorum onu, sert ve düzgün adımlarla nasıl da acele acele seğirtiyor, yanındaki oğlan da ona eşlik ediyor... Ama o da beni görmüş olmalı, zira o sırada oğlana bir şeyler söylüyor, oğlan geride kalıyor ve kadın yoluna tek başına devam ediyor... Ne yapmak istiyor? Neden yalnız olmak istiyor? Oğlan duymadan benimle konuşmak mı istiyor? Gözü dönmüş bir vaziyette pedallara basıyorum. Bir anda yan taraftan önüme bir şey atlıyor... oğlan... son anda bisikleti yana kırıyorum ve yere yuvarlanıyorum...

Küfürler savurarak ayağa kalkıyorum... o budalaya vurmak için gayriihtiyari yumruğumu kaldırıyorum, ama o hemen yana sıçrıyor... Bisikletimi yerden kaldırıyorum, tekrar binmek için... ama o alçak herif yeniden önüme atılıyor, bisikleti tutuyor ve sefil bir İngilizceyle şöyle diyor: '*You remain here.*'*

Siz tropiklerde yaşamadınız... O yüzden böyle sarı benizli bir alçağın beyaz bir 'efendi'nin bisikletini tutmasının ve ona, 'efendi'ye, olduğu yerde kalmasını emretmesinin nasıl bir küstahlık olduğunu bilemezsiniz. Bütün olası cevapların yerine suratına yumruğu patlattım... sendeledi... ama bisikleti bırakmadı... gözleri, çekik ve ödlek gözleri

* (İng.) Burada kalın. (ç.n.)

kölevari bir korku içinde fal taşı gibi açıldı... ama gidonu bırakmadı, şeytan gibi tutmaya devam etti... '*You remain here*,' diye kekeledi bir kez daha. Neyse ki yanımda tabanca yoktu. Yoksa onu oracıkta yere sererdim. 'Çekil yolumdan, hergele!' demekle yetindim. Sinmiş bir şekilde bana baktı, ama gidonu bırakmadı. Kafasına bir yumruk daha patlattım, hâlâ bırakmıyordu. Birden öfkeye kapıldım... kadının çoktan uzaklaştığını, belki çoktan bütünüyle ortadan kaybolduğunu görüyordum... o anda oğlanın altçenesine tam anlamıyla bir boksör yumruğu vurdum, savrulup gitti. Artık bisikletime kavuşmuştum... ama üzerine atlar atlamaz pedal sıkıştı, düşme sırasında jant telleri eğilmişti... Titreyen ellerimle düzeltmeye çalıştım... bir türlü olmadı... o zaman bisikleti yola, kanlar içinde dikilen ve son anda yana çekilen hergelenin önüne fırlattım... ve sonra – hayır, orada bütün insanların önünde... ne kadar gülünç olduğunu hissedemezsiniz, bir Avrupalının... neyse, artık ne yaptığımı bilmiyordum... kafamda tek bir düşünce vardı: Peşinden gitmek, ona yetişmek... bunun üzerine koşmaya başladım, çılgın gibi yol boyunca, kulübelerin yanından geçerek koştum, o sarı benizli ayaktakımı nasıl da şaşkınlıkla yola doluşuyordu, beyaz bir adamın, bir doktorun *koştuğunu* görmek için.

Kan ter içinde istasyona ulaştım... İlk sorum: Araba nerede?.. Az önce gitti... İnsanlar şaşkın şaşkın bana bakıyorlardı: Onlara bir deli gibi görünmüş olmalıydım, oraya öyle ıslak ve yapış yapış geldiğimde ve daha oraya varmadan soruyu uzaktan bağırdığımda... Yolun aşağısında arabadan yükselen dumanın yarattığı anaforu görüyordum... kadın başarmıştı. Katı, acımasız hesaplarının başarması gerektiği gibi bunu da başarmıştı.

Ama kaçmak onun hiçbir işine yaramayacaktı... Tropikte yaşayan Avrupalılar arasında hiçbir sır yoktur... herkes birbirini tanır, her şey olay olur... Şoförünün bir saat boyunca devletin bungalovunda beklemesi boşuna değildi... birkaç dakika içinde her şeyi öğrendim... onun kim olduğunu öğrendim. Onun aşağıda – devletin başkentinde oturduğunu, buraya trenle sekiz saat uzaklıkta... onun – şöyle diyelim büyük bir tüccarın karısı olduğunu, çılgın bir servete sahip olduğunu, kibar bir İngiliz kadını olduğunu... kocasının şu anda beş aydır Amerika'da bulunduğunu ve birkaç gün içinde geri geleceğini ve onu da alıp tekrar Avrupa'ya döneceğini de öğrendim...

Ama kadın –ki bu düşünce bir zehir gibi damarlarıma yayılmıştı– iki ya da üç aydır o bulunduğu durumdaydı..."

"Buraya kadar her şeyi sizin için anlaşılır hale getirebildim... belki de sadece, o ana kadar bizzat ben de kendimi anladığım için... doktor olarak kendi durumumun teşhisini her zaman kendim koyduğum için. Ama o andan itibaren içimdeki şey bir hummaya dönüştü... kontrolümü kaybettim... daha doğrusu, yaptığım her şeyin anlamsız olduğunu biliyordum, ama artık kendi üzerimde bir gücüm yoktu... artık kendimi anlayamıyordum... hedefimin takıntısı içinde sadece ileri doğru koşuyordum. Gerçi durun bir dakika... belki bunu daha kolay anlamanızı sağlayabilirim... Amok'un ne olduğunu biliyor musunuz?"

"Amok mu?.. Sanırım hatırlıyorum... Malezyalılarda görülen bir tür sarhoşluk..."

"Bu sarhoşluktan daha fazla bir şey... bu delilik, bir tür insan kudurması... ölümcül, anlamsız bir saplantının krize dönüşmesi hali, bunu başka hiçbir alkol zehirlenmesiyle kıyaslayamazsınız... orada kaldığım süre içinde bizzat ben de birkaç vakayı inceleme fırsatı buldum –söz konusu başkalarının derdi olunca nasıl da hep daha zeki ve daha nesnel oluruz– ama kaynağının korkunç gizemini ortaya çıkarmayı başaramadım. Bir şekilde iklimle ilgisi vardı, ani bir patlama noktasına gelinceye kadar sinirler üzerinde bir fırtına gibi baskı yaratan o boğucu, yoğun atmosferle... Sonuç olarak Amok... evet, Amok şöyle bir şey: Bir Malezyalı, son derece sade, son derece iyiliksever bir insan, içkisini içiyor... orada öylece oturuyor, duygusuz, umursamaz, donuk... tıpkı benim odamda oturduğum gibi... ve birden ayağa fırlıyor, hançerini kapıyor ve sokağa koşuyor... dosdoğru koşuyor, hep dosdoğru... nereye olduğunu bilmeden. Yolda karşısına ne çıkarsa çıksın, insan, hayvan, hançeriyle vurup yere seriyor ve kan sarhoşluğu onu daha da öfkelendiriyor... Koşan adamın ağzından köpükler saçılıyor, delirmiş gibi uluyor... ama koşmaya devam ediyor, koşuyor, koşuyor, artık ne sağa bakıyor ne solda duruyor, sadece tiz çığlığıyla, elinde hançeriyle öyle korkunç bir halde ileriye doğru koşmaya devam ediyor... Köylerdeki insanlar bir Amok koşucusunu hiçbir gücün durduramayacağını bilirler... onun koşarak gelmekte olduğunu gördüklerinde herkesi uyarmak için bağırırlar. 'Amok! Amok!' ve herkes kaçışır... ama o koşmaya devam eder, hiçbir şey duymaz, sürekli koşar, hiçbir şey görmez, karşısına çıkan her şeyi yere yıkar... ta ki biri onu kuduz bir köpek gibi vurup yere serene ya da kendiliğinden köpükler içinde yere yıkılana kadar...

Bir keresinde böyle bir şey görmüştüm, bungalovumun penceresinden... korkunçtu... ama sırf onu görmüş olmam sayesinde o günlerde kendimi anlayabilmiştim, zira tam öyle, tam da o şekilde ileriye dikilmiş korkunç bir bakışla, sağa ya da sola bakmaksızın, takıntılı bir şekilde koşmaya başlamıştım... o kadının arkasından... her şeyi nasıl yaptığımı artık hatırlayamıyorum, o delice koşu, o anlamsız hız içinde her şey uçup gitti... O kadın hakkında her şeyi, adını, evini, yazgısını öğrendikten on dakika, hayır beş, hayır iki dakika sonra hemen yeni bir bisiklet ödünç alıp hızlıca eve döndüm, bavula bir takım elbise koydum, yanıma para aldım ve bir arabayla tren istasyonuna gittim, bölge sorumlusuna haber vermeden, yerime bakacak birini ayarlamadan, evi açık ve her şeyi olduğu gibi bırakarak... Etrafımı uşaklar sarmıştı, kadınlar merak içindeydi ve soruyorlardı, cevap vermiyordum, arkama dönüp bakmadım... arabayı tren istasyonuna sürdüm ve ilk trenle şehre doğru yola çıktım... bütün bunlar bir saat sürmüştü, kadının benim odama girişinden itibaren, varoluşumu geride bırakmış ve boşluğa doğru bir Amok koşusuna başlamıştım...

Dosdoğru koşuyordum, doludizgin... akşam saat altıda vardım... altıyı on geçe kadının evindeydim ve geldiğimi haber vermelerini söyledim... Bu bir... anlarsınız işte... yapabileceğim şeylerin en anlamsızı, en aptalcasıydı... Ama işte Amok koşucusu boş gözlerle koşar, nereye koştuğunu görmez... Hizmetçi birkaç dakika sonra geri geldi... kibar ve mesafeliydi... saygıdeğer hanımefendi kendini iyi hissetmiyordu ve beni kabul edemezdi...

Sendeleyerek kapıdan çıktım, bir saat boyunca evin etrafında dolandım, çılgınca, gülünç bir umuda kapılmıştım, kim bilir belki beni arar diye... sonra gidip önce sahildeki otelde kendime bir oda tuttum, iki şişe viski alıp odama çıktım... bunlar ve iki doz Veronal işe yaradı... en sonunda uykuya dalabildim; bu boğucu, vıcık vıcık uyku, hayat ile ölüm arasındaki bu koşuda verilen tek molaydı."

Geminin çanı çaldı. İki sert, dopdolu vuruş, neredeyse kıpırtısız havanın yumuşak gölünde bir süre titreyerek yankılandı ve sonra, omurganın altında, heyecanlı konuşmaların arasında ısrarla, aralıksız sürmekte olan hafif hışırtının içinde kaybolup gitti. Karanlıkta karşımda konuşmakta olan adam çan sesinden ürkmüş olmalıydı, o sırada konuşması kesilmişti. Elin yine şişelerin üzerinde dolaştığını duydum ve yine o hafif yudumlama seslerini... Sonra adeta sakinleşerek daha oturaklı bir sesle konuşmaya başladı.

"O andan sonraki saatleri size pek anlatamam. Şimdi düşünüyorum da, sanırım o sırada ateşim yükselmişti, en azından delirmenin eşiğine gelen aşırı bir tür gerginlik vardı üzerimde – dediğim gibi, bir Amok koşucusuydum. Ama unutmayın, oraya vardığımda salı akşamıydı, cumartesi günü –bu arada bunu da öğrenmiştim– kadının kocası *P.&O.* gemisiyle Yokohama'dan gelecekti, yani geriye üç gün kalıyordu, karar vermek ve yardım etmek için üç kısa gün. Bunu anlıyor musunuz, ona bir an önce yardım etmek zorundaydım, ama onunla tek bir kelime bile konuşamıyordum. Özellikle de ondan yaptığım gülünç, delice hareket için özür dileme ihtiyacı beni kamçılayıp duruyordu. Her anın değerini biliyordum, kadın için bunun bir ölüm kalım meselesi olduğunu biliyordum, ama gelgelelim ona sadece bir fısıltıyla, bir işaretle ulaşacak kadar bile yaklaşmam mümkün değildi, çünkü tam da peşinden yaptığım koşudaki budalalık ve şiddet onu ürkütmüştü. Bu bir... evet, bir dakika... bu bir... birinin bir katile karşı uyarmak için diğerinin arkasından koşması ve diğerinin de bizzat onu katil sanması, bu yüzden de kendi mahvoluşuna doğru koşmaya devam etmesi gibi bir şey... kadın sadece bendeki Amok koşucusunu görüyordu, onu küçük düşürmek için peşinden gelen birini, ama ben... işte o korkunç çelişki tam da burada yatıyordu... artık bunu hiç düşünmüyordum... çünkü zaten mahvolmuş biriydim, ben sadece yardım etmek istiyordum, ona hizmet etmek istiyordum... bir cinayet işleyebilirdim, bir suç işleyebilirdim ona yardım edebilmek için... Ama o, o bunu anlamıyordu. Sabah uyandığımda ve hemen yine kadının evine koştuğumda o oğlan kapıda duruyordu, suratını dağıttığım oğlan, beni uzaktan gördüğü gibi –beni beklemiş olmalıydı– kapıdan içeri koştu. Bunu belki geldiğimi gizlice haber vermek için yapmıştı... belki de... ah şu belirsizlik, nasıl da eziyet ediyordu şimdi bana... belki de her şey beni kabul etmek için şu an hazır bekliyordu... ama orada onu görür görmez, bir gün önce yaptığım rezaleti hatırladım, işte yine oradaydım, ziyarete bir kere daha cesaret edemeyen adam olarak... Dizlerim titriyordu. Kapıya ramak kala geri döndüm ve tekrar uzaklaştım... uzaklaştım, belki de kadın benzer bir acıyla beni orada beklemekteyken.

Şimdi, topuklarımda alev alev yanan yabancı bir şehirde ne yapacağımı bilmiyordum... birden bir şey hatırladım, anında bir taksi çağırmıştım bile, bir keresinde kliniğimde yardımcı olduğum başkan yardımcısına gittim ve kapıda kendisiyle görüşmek istediğimi bildirdim... Dış görünüşümde tuhaf bir şey olmalıydı, zira başkan yardımcısı bana adeta ürkmüş bir bakışla baktı, kibarlığında da insanı tedirgin eden bir şey vardı... belki de içimdeki Amok koşucusunu çoktan fark etmişti... Onunla kısa ve kararlı konuştum, beni bu şehre atamasını rica ettim, bulunduğum yerde daha fazla yaşayamayacağımı söyledim... bir an önce oradan taşınmak zorundaydım... Bana baktı... bana nasıl baktığını size anlatamam... doktorun hastasına baktığı gibi bir bakıştı bu... 'Bir sinir krizi, sevgili doktor,' dedi sonra, 'bunu çok iyi anlıyorum. Pekâlâ, bu bir şekilde halledilecek; ama durun... dört hafta içinde diyelim... önce yerinize birini bulmak zorundayım.' 'Bekleyemem, bir gün bile,' diye yanıtladım. Yine o tuhaf bakış geldi. 'Olmak zorunda, doktor,' dedi ciddi bir ses tonuyla, 'kliniği doktorsuz bırakamayız. Ama bütün işlemleri bugün başlatacağıma söz veriyorum.' Dişlerim sıkılı bir şekilde olduğum yerde duruyordum: İlk defa satılmış bir insan, bir köle olduğumu açık bir şekilde fark ediyordum. İçimdeki her şey toplanıp katı bir inada dönüşmüştü ama o, o esnek adam benden önce davrandı: 'Siz insanlara yabancılaşmışsınız doktor, bu da eninde sonunda bir hastalığa dönüşür. Buraya daha önce hiç gelmemiş olmanıza, hiç izne çıkmamış olmanıza hepimiz şaşırmıştık. Sizin daha çok insana, daha çok heyecana ihtiyacınız var. En azından bu akşam gelin, bugün hükümet binasında davetimiz var. Bütün koloniyi orada bulursunuz, bazıları çoktandır sizinle tanışmak istiyordu, sık sık sizi soruyorlardı ve buraya gelmenizi arzu ediyorlardı.'

Son söylediği ilgimi çekmişti. Beni soruyorlardı demek? Acaba soranlardan biri de o muydu? Birden başka biri olmuştum: Hemen davet için son derece kibar bir şekilde teşekkür ettim ve tam vaktinde orada olacağıma söz verdim. Ve dakiktim, gereğinden fazla dakiktim. Size öncelikle söylemek zorundayım ki, içimdeki sabırsızlığın dürtüsüyle hükümet binasının büyük salonuna ilk gelen kişi ben olmuştum, etrafta suskun sarı benizli hizmetçiler vardı, çıplak ayaklarıyla yaylana yaylana oradan oraya sekiyorlardı ve – şaşkın bilincimle bana öyle geliyordu ki– arkamdan bana gülüyorlardı. Bütün o sessiz hazırlıklar ortasında on beş dakika boyunca orada bulunan tek Avrupalı bendim; öylesine yapayalnızdım ki yeleğimin cebindeki saatin tik taklarını duyuyordum. Sonra nihayet aileleriyle birlikte birkaç devlet memuru geldi, en sonunda da vali, kendisi beni uzun bir konuşmanın içine çekti, kanımca oldukça akıcı ve şık cevaplar veriyordum, ta ki... ta ki birden, esrarengiz bir heyecana kapıldığım için olacak, bütün yumuşaklığımı kaybedene ve kekelemeye başlayana kadar. Sırtımı çelik kapıya dayamış olmama rağmen bir anda onun içeriye girdiğini, onun orada olduğunu hissettim: Nasıl bu ani ve kesin kanaatin şaşırtıcı bir şekilde bana hâkim olduğunu size söyleyemem, ama hâlâ valiyle konuştuğum, sözlerinin yankısı kulaklarımda çınlamaya devam ettiği sırada bile arkalarda bir yerlerde onun varlığını hissediyordum. Neyse ki vali konuşmasını daha fazla uzatmadı – yoksa korkarım birden bir kabalık yapıp arkama dönmek zorunda kalacaktım, sinirlerimdeki o esrarengiz çekim öylesine güçlüydü, arzularım öylesine yakıcı bir şekilde uyarılmıştı ki. Ve gerçekten de, arkama döner dönmez onu tamı tamına duygularımın bilinçdışı bir şekilde hissettiği noktada gördüm. İnce, duru omuzlarını mat bir fildişi gibi ortaya çıkaran sarı bir balo kıyafeti vardı üzerinde, bir grubun içinde laflıyordu. Gülümsüyordu, ama bana öyle geliyordu ki yüzünde gergin bir ifade vardı. Ona yaklaştım –beni göremiyordu ya da beni görmek istemiyordu– ve o ince dudaklarını tatlı ve kibarca saran titrek gülümsemesini gördüm. Bu gülümseme beni bir kere daha sarhoş etti, çünkü bunun... nasıl desem, çünkü bunun yalan olduğunu biliyordum, sanat ya da teknik, rol yapmada bir ustalık. Bugün çarşamba, diye geçti hızlıca kafamdan, cumartesi günü kocasının içinde olduğu gemi gelecekti... nasıl böyle gülümseyebilirdi, böyle... böyle kendinden emin, kaygısız gülümseyebilir ve yelpazesini, korku içinde elinde sıkmak yerine nasıl umursamaz bir tavırla sallayabilirdi? Ben... bir yabancı olarak ben... iki gündür o anın gelmesinden korkuyordum... ben, bir yabancı, ona ait olan korkuyu, dehşeti duygularımın en aşırı halleriyle yaşıyordum... ama o baloya gidiyor ve gülümsüyor, gülümsüyor, gülümsüyordu...

Arka tarafta müzik başladı. Dans zamanıydı. Yaşlıca bir subay onu dansa davet etti, özür dileyerek lafladığı gruptan ayrıldı ve adamın kolunda öteki salona doğru gitti, benim yanımdan geçerek. Beni görür görmez birden yüzü şiddetli bir şekilde kasıldı –ama sadece bir saniye sürdü bu, sonra kibar bir baş hareketiyle, tanıdığını belirtir bir şekilde, (ben onu selamlayayım mı selamlamayayım mı diye henüz karar verememişken) tesadüfen karşılaştığı bir tanıdıkmışım gibi selamladı: 'İyi akşamlar, doktor,' dedi ve dediği anda geçip gitti. Bu gri-yeşil bakışta nelerin gizli olduğunu hiç kimse sezemezdi ve bunu ben, ben bile bilmiyordum. Neden selam vermişti... neden şimdi beni birdenbire tanımıştı?.. Araya mesafe koymak için miydi bu, yakınlaşmak için miydi, sadece bir sürprizle karşılaşmanın verdiği şaşkınlık mıydı? Orada nasıl bir heyecan içinde kalakaldığımı size anlatamam, içimdeki her şey ayağa kalkmış, iyice sıkışıp patlayacak hale gelmişti. Onu orada, subayın kollarında alnında kayıtsızlığın soğuk pırıltısıyla kaygısızca vals yaparken izlediğim sırada, biliyordum ki o da... o da sadece, benim de düşündüğüm... aynı şeyi düşünüyordu... burada ikimizin korkunç bir sırra ortak olan iki kişi olduğumuzu... ama o vals yapıyordu, o dakikalarda korkum, arzum, hayranlığım her zamankinden daha tutkulu hale gelmişti. Herhangi bir kişinin beni izleyip izlemediğini bilmiyordum, ama benim, davranışlarımla, onun gizlediklerinden çok daha fazla şeyi ele verdiğim kesindi – mesela ben başka hiçbir yöne bakamıyordum, onu izlemeye mecburdum... evet, mecburdum, onun kapalı yüzünü, acaba maske bir saniyeliğine düşer mi diye uzaktan emiyor, hatta çekip koparıyordum. O dik bakışlarımdan rahatsızlık duymuş olmalıydı. Dans partnerinin kolunda bir adım geri attığı sırada, bir an bana yıldırım hızıyla baktı, hem keskin bir emir içeren hem de kendinden uzaklaştıran bakışla; yine alnındaki daha önceden tanıdığım, mağrur öfkesinin o küçük kıvrımı hiddetle gerilmişti.

Ama... ama... size söyledim ya... ben Amok koşuyordum, sağa bakmıyordum, sola bakmıyordum. Kadını hemen anladım –bu bakışın anlamı: Dikkatleri üzerine çekme! Kendini dizginle!– onun... nasıl desem, burada, herkesin içinde mahremiyetimizi açığa vurmamamı istediğini biliyordum... eğer şimdi eve gidersem yarın onun tarafından kabul edileceğim konusunda emin olabileceğimi anlamıştım... onun şimdi, sadece şimdi benim dikkat çekici samimiyetimden kaçınmak istediğini, ayrıca –çok da haklı olarak– beceriksizliğim yüzünden bir olay çıkmasından korktuğunu anlamıştım... görüyorsunuz... Her şeyi biliyordum, o emredici gri bakışı anlamıştım, ama... ama içimdeki şey çok güçlüydü, onunla konuşmak zorundaydım. Böylece sallana sallana sohbet etmekte olduğu gruba yaklaştım ve –içlerinden sadece birkaçını tanıdığım halde– aralarına sokuldum, sırf onu konuşurken duymak arzusuyla yaptım bunu ve yine de, sanki ben yaslandığım keten kapı perdelerinden biriymişim gibi ya da kolayca hareket ettirdiği havaymışım gibi üzerimden geçip giden soğuk bakışlarından sakınmak için dayak yemiş bir köpek gibi büzülüyordum. Ama orada durmaya devam ettim, bana söyleyeceği bir kelimeye susamış olarak, beni anladığını anlatan bir işarete susamış olarak duruyordum ve bakışlarımı konuşmaların arasında bir yere sabitlemiştim, bir blok gibi. Bu mutlaka dikkat çekmiş olmalıydı, mutlaka, zira kimse tek bir kelime söylemedi bana ve kadın benim oradaki gülünç varlığımdan acı çekmiş olmalıydı.

Orada öylece daha ne kadar kalırdım bilmiyorum... belki sonsuza kadar... iredemin bu büyülenmişliğinden ne de olsa. Özellikle de öfkemin inatçılığı felç ediyordu beni.

Ama kadın buna daha fazla dayanamadı... birden varlığının o muhteşem hafifliğiyle beylere döndü ve şöyle dedi: 'Biraz yorgunum... bugün bir defalığına yatağa erken gireyim... iyi geceler.' ...Sonra da uzak, yabancı bir baş selamı vererek yanımdan geçip gitti... alnındaki yukarı çekilmiş kıvrımı son anda görebildim, ardından da daha çok sırtını, beyaz, soğuk, çıplak sırtını. Onun gitmekte olduğunu kavramam bir saniye kadar sürdü... onu bir daha göremeyeceğimi, onunla bu son akşam, kurtuluşun bu son akşamında bir daha konuşamayacağımı kavramam... bir saniye boyunca orada kaskatı durmaya devam ettim, ta ki kavrayıncaya... sonra... sonra...

Ama durun... durun, yoksa davranışımın anlamsızlığını, aptallığını anlayamazsınız... önce size bütün mekânı tasvir etmeliyim... Hükümet binasının büyük salonuydu, tamamen ışıklarla aydınlatılmış ve neredeyse boş, muazzam bir salon... çiftler dans etmeye gitmişti, erkeklerse oyuna... sadece köşelerde birkaç kişi çene çalıyordu... yani salon boştu, her hareket fark edilebilir ve parlak ışıkta görülebilir durumdaydı... ve bu büyük, geniş salonda yavaş adımlarla ve yüksek omuzlarıyla yürüyordu kadın, o anlatılamaz tavırlarıyla ara sıra birilerine selamlar vererek... ve ondaki beni mest eden o harika, donmuş, yüce sükûneti... ben... ben geride kalmıştım, size söylemiştim ya, adeta felç olmuştum, onun gittiğini kavrayana kadar... ve ben bunu kavradığımda o çoktan salonun sonuna, kapının hemen önüne varmıştı... o anda... ah, bunu düşününce, şu an hâlâ utanıyorum, o anda birden bir şeye kapıldım ve koştum, duyuyor musunuz, koştum... yürümedim, salonda yankılanan gürültülü ayakkabılarla, salonu boydan boya onun peşinden koşarak geçtim... kendi adımlarımın sesini duyuyordum, bütün bakışların şaşkınlık içinde bana çevrildiklerini görüyordum... utançtan yerin dibine batasım geliyordu... daha koşarken yaptığım çılgınlığın bilincine varmıştım... ama artık... ama artık geri dönemezdim... onu kapıda yakaladım... arkasına döndü...

gözleri gri birer çelik gibi içime saplandı, burun kanatları öfkeden titriyordu... bense o sırada kekeleyerek bir şeyler söylemek istiyordum... o anda... o anda... neşeli bir kahkaha attı, canlı, kaygısız, içten gelen bir gülmeydi bu ve yüksek sesle dedi ki, herkesin duyabileceği kadar yüksek bir sesle: 'Ah doktor, oğlum için reçeteyi ancak şimdi hatırladınız... işte, bilim adamları böyle...' Yakında duran bir çift de iyi niyetle gülmeye başladı... anlamıştım, kadının durumu kurtarmakta gösterdiği ustalığın altında bocalamıştım... elimi ceketimin iç cebine attım ve not defterinden boş bir yaprak kopardım, umursamaz bir tavırla yaprağı aldı, bir kere daha soğuk, müteşekkir bir gülümsemeyle... sonra gitti... İlk anda bir rahatlama hissettim... Deliliğim onun ustalığı sayesinde telafi edilmiş, durum kurtarılmıştı... ama benim açımdan her şeyin kaybedildiğini de çabucak anlamıştım, bu kadının aşırı aptallığımdan ötürü benden nefret ettiğini de... ölümden nefret ettiğinden daha çok nefret ettiğini... bundan sonra yüz kere daha ve yüz kere daha kapısına dayansam her seferinde bir köpek gibi kovacağını da...

Salonda bocalayan adımlarla yürüdüm... insanların bana baktıklarını fark ediyordum... bir şekilde tuhaf görünüyor olmalıydım... Büfeye gittim, arka arkaya iki, üç, dört bardak konyak içtim. Bu beni olduğum yere yığılıp kalmaktan kurtardı... sinirlerim artık dayanamıyordu, harap olmuşlardı... sonra yan kapılardan birinden süzülerek dışarı çıktım, bir hırsız gibi gizlice... Dünyanın krallığını verseler o salondan bir daha geçemezdim, kadının gülmesi hâlâ bütün duvarlarında çınlıyordu... Yürüdüm... nereye yürüdüğümü tam olarak bilmiyordum... birkaç bara uğradım ve kafayı çektim... bütün uyanıklık halini silip süpürmek isteyen biri gibi kafayı çektim... ama... duyularım uyuşmuyordu... kahkaha içime oturmuştu, tiz ve kötücül... o kahkahayı, o lanet olası kahkahayı bir türlü uyuşturamıyordum... sonra biraz daha amaçsızca limanda dolaştım... tabancamı odada bırakmıştım, yoksa çoktan kendimi vurmuştum. Kafamda başka da bir düşünce yoktu ve bu düşünceyle de otele gittim... sadece çekmecenin sol tarafındaki kutunun içindekini düşünerek, tabancamın olduğu kutunun... sadece bu bir tek düşünceyle.

Kendimi sonradan vurmamış olmam... size yemin ediyorum, bunun nedeni korkaklık değildi... bu benim için bir kurtuluş olurdu, tetiğe basıp silahın o kalkık soğuk horozunu indirmek... ama, size bunu nasıl anlatsam... içimde hâlâ bir sorumluluk hissediyordum... evet, o yardım etme sorumluluğu, o lanet olası sorumluluk, onun bana hâlâ ihtiyacı olabileceği düşüncesi beni deli ediyordu, bana ihtiyacı olduğu düşüncesi... odaya geldiğimde perşembe sabahı olmuştu bile ve cumartesi... size söylemiştim ya... cumartesi gemi geliyordu ve kadın, bu kibirli, gururlu kadın kocasına karşı, dünyaya karşı duyduğu bu utançtan sağ çıkamazdı, bunu biliyordum... Ah, anlamsızca boşa geçirilen o değerli zamanlarda bu düşünce beni nasıl da mahvediyordu, zamanında yapılabilecek bütün yardımlara engel olan çılgın, gülünç acelecilik... saatlerce, evet saatlerce, size yemin ederim, odamda volta attım, bir oraya bir buraya, ona nasıl yaklaşabilirim, her şeyi nasıl düzeltebilirim, ona nasıl yardım edebilirim diye düşünmekten beynimi parçaladım... çünkü beni bir daha evine kabul etmeyeceğinden artık adım gibi emindim... o kahkaha hâlâ bütün sinirlerimde dolaşıyordu ve o burun kanatlarının öfkeden titremesi... saatlerce, gerçekten saatlerce o üç metrelik odayı turladım durdum... gündüz olmuştu, kuşluk vakti olmuştu...

Ve birden bir şey beni masaya fırlattı... bir deste mektup kâğıdı çekip çıkardım ve yazmaya başladım... her şeyi yazmaya... bir köpek gibi kuyruk sallayan bir mektup, ondan beni affetmesini rica ediyordum, kendimi bir deli, bir suçlu ilan ediyordum... ona yeminler ediyordum, bana güvenmesi için... bir saat içinde buralardan çekip gideceğime yeminler ediyordum, şehirden, koloniden, eğer isterse, dünyadan... yeter ki beni affetsin ve bana güvensin, ona yardım etmeme, bu son, bu en son saatte... hummalı bir şekilde böyle yirmi sayfa yazdım, bu bir sayıklama halinde yazılmış müthiş, tarif edilemez bir mektup olmalıydı, çünkü masadan kalktığımda terden sırılsıklam haldeydim... oda sallanıyordu... bir bardak su içmeliydim... ancak ondan sonra yazdığım mektubu tekrar bir gözden geçirebildim, ama daha ilk sözcükler beni dehşete düşürdü... titreyerek kâğıtları katladım, bir zarf aldım... o esnada, birden içim ürperdi... Bir anda gerçek, can alıcı sözcüğü buldum. Tekrar kalemi parmaklarımın arasına aldım ve son sayfaya şöyle yazdım: 'Sahildeki otelde, affedildiğime dair bir sözcük bekliyorum. Eğer saat yediye kadar bir cevap alamazsam, kendimi vuracağım.'

Sonra mektubu aldım, bir komi çağırdım ve ona mektubu ivedilikle teslim etmesini tembihledim. Nihayet her şey söylenmişti – her şey!"

Yanımızda bir şey şıngırdadı ve tıngırdadı. Ani bir hareketle viski şişesini devirmişti, onu tekrar bulmak için elleriyle yeri yokladığını ve ani bir hamleyle yakaladığını duydum: Geniş bir yay çizdirerek boş şişeyi küpeştenin üzerinden denize fırlattı. Ses birkaç dakikalığına sustu, sonra hummalı bir şekilde yeniden başladı, bu sefer öncekinden daha heyecanlı ve daha telaşlıydı.

"Artık inançlı bir Hıristiyan değilim ben... benim için cennet ve cehennem yok... şayet varsa bile ondan korkmuyorum... çünkü o gün kuşluk vaktinden akşama kadarki sürede yaşadıklarımdan daha kötü olamaz... Küçük bir oda düşünün, güneşin altında kavrulan, hele öğle sıcağında yanıp tutuşan bir oda... küçük bir oda, bir masa, sandalye ve yatak... ve masanın üzerinde bir saat ve bir tabanca... başka hiçbir şey yok ve bir de masanın önünde duran bir insan... gözlerini masadan, saatin saniye ibresinden bir an bile ayırmayan bir insan... yemeyen, içmeyen, sigara tüttürmeyen ve hiç kıpırdamayan bir insan... sürekli sadece... dinleyin, sürekli sadece, üç saat boyunca... saatin beyaz kadranına ve tik tak ederek bu kadranı dolaşan o saniye göstergesine... böyle... böyle... günü geçirdim, sadece bekledim, bekledim, bekledim... ama şöyle bekledim... bir Amok koşucusu nasıl beklerse öyle, anlamsız, hayvansı, çılgınca, düz çizgide ilerleyen bir inatla.

Pekâlâ... o saatleri size anlatmayacağım... bunlar anlatılamaz... bir insanın bu durumdan nasıl kurtulduğunu bizzat ben bile anlayamıyorum... yani... yani delirmeden... neyse... saat üçü yirmi iki geçe... bunu tam olarak biliyorum, çünkü gözlerimi saatten ayırmıyordum... birden kapıya vuruluyor... yerimden sıçrıyorum... bir kaplanın avına atlaması gibi atlıyorum, bir hamlede odayı aşıp kapıya ulaşıyorum, koparırcasına çekip açıyorum... kapının önünde korkmuş, küçük bir Çinli çocuk var, elinde katlanmış bir pusula tutuyor, ben kâğıdın üzerine hırsla atlarken o da fırlayıp gidiyor ve gözden kayboluyor.

Pusulayı yırtarcasına açıyorum, onu okumak istiyorum... ama onu okuyamıyorum... gözlerimin önünde kırmızı bir karartı var... acıyı düşünebiliyor musunuz, nihayet, nihayet ondan bir söz var elimde ve her şey şimdi gözbebeklerimin önünde titriyor ve dans ediyor... kafamı suya sokuyorum... şimdi daha berrak görüyorum... pusulayı tekrar alıyorum ve okuyorum:

'Çok geç! Ama siz orada bekleyin. Belki sizi ararım.'

Eski bir broşürden koparılmış o kırış kırış kâğıt parçasında imza yok. Aceleci, karman çorman kurşunkalem hareketleriyle yazılmış, ama aslında düzgün olduğu belli olan bir yazı. O kâğıt parçasının beni neden bu kadar sarstığını bilmiyorum. İçinde dehşet verici, gizemli bir şey vardı, sanki bir kaçış sırasında yazılmış gibiydi, durup bir pencere pervazında ya da hareket halindeki bir araçta... o esrarlı kâğıt parçasından ruhuma vuran soğuk bir şey vardı, korkudan, nefretten, dehşetten oluşan tarifsiz bir şey... ama... ama ben mutluydum: Kadın bana yazmıştı, ölmek zorunda değildim artık, ona yardım edebilirdim... ve belki... ah, delice varsayımların ve umutların içinde tamamen kendimi kaybetmiştim... yüz kere, bin kere okudum o küçük kâğıt parçasını, öptüm onu... gözden kaçmış, unutulmuş bir sözcük kalmış mı diye enine boyuna inceledim... hayallerim giderek derinleşti, karmaşıklaştı; açık gözlerle gerçekleşen, hayaller içinde bir uyku durumu... bir tür felç, uykuyla uyanıklık arasında tamamıyla cansız, ama hareketli de bir hal, belki on beş dakika süren, belki de saatler...

Birden korkuyla yerimden sıçradım... kapı çalınmamış mıydı?.. Nefesimi tuttum... bir dakika, iki dakika hareketsiz sessizlik... ve sonra tekrar son derece hafif bir tıkırtı, sanki bir fare bir şeyler kemiriyor gibi, sessizce ama şiddetli darbeler... yerimden fırladım, hâlâ sendeliyordum, hızla kapıyı açtım; dışarıda bir oğlan duruyordu, onun oğlanı, geçenlerde yumruğumla ağzını dağıttığım oğlan... kahverengi yüzü solgundu, şaşkın bakışları mutsuzluk anlatıyordu... O anda korkunç bir şey hissettim... 'Ne... ne oldu?' diyebildim kekeleyerek. '*Come quickly*,'* dedi... başka hiçbir şey söylemedi... hemen merdivenlere koştum, oğlan da peşimden... Bir Sado, yani küçük bir araba hazır bekliyordu, içine bindik... 'Neler oldu?' diye sordum oğlana... Titreyerek bana baktı, dudaklarını ısırarak susmaya devam etti... tekrar sordum – susuyor ve susmaya devam ediyordu... yine yumruğumla suratına vurmayı çok isterdim, ama... onun kadına olan bu köpekçe sadakati içime dokunmuştu... artık sormaktan vazgeçtim... Arabacık kalabalığın arasından öyle hızlı bir şekilde geçiyordu ki insanlar küfürler savurarak sağa sola atlıyorlardı, sahildeki Avrupalılar mahallesinden şehrin alt kesimlerine iniyorduk ve gittikçe bu Çin şehrinin gürültülü kalabalığına dalıyorduk... Nihayet dar bir sokağa geldik... tamamen gözlerden ırak bir sokaktı... alçak bir evin önünde durduk... Kirli ve kendi içine çökmüş gibi duran bir binaydı,

* (İng.) Çabuk gelin. (ç.n.)

ön tarafında kandille aydınlatılan küçük bir dükkân vardı... İçlerinde afyon çekilen evlerden biri ya da bir genelev gizli olan şu mekânlardan biri, bir haydut yuvası ya da hırsız mekânı... Oğlan telaşla kapıyı çaldı... Kapı aralığının arkasından cırlak bir ses arka arkaya sorular sorup duruyordu... daha fazla dayanamadım, koltuğumdan fırladım, aralık duran kapıyı iterek açtım... Çinli bir kadın küçük bir çığlık atarak içeri kaçtı... arkamdan da oğlan geldi, beni koridorlardan geçirdi... bir başka kapıyı açtı... karanlık bir odaya açılan başka bir kapıyı, içeride pis bir konyak ve pıhtılaşmış kan kokusu vardı... birisi inliyordu... el yordamıyla ilerledim..."

Yine kesildi ses. Sonra tekrar başlayan şeyse bir konuşmadan çok bir ağlama gibiydi.

"Ben... el yordamıyla ilerledim... ve orada... pis bir şiltenin üzerinde yatıyordu... acıdan iki büklüm olmuş... inleyen bir insan parçası... o oracıkta yatıyordu... Karanlıkta yüzünü göremiyordum... Gözlerim henüz alışmamıştı... bu yüzden sadece el yordamıyla ilerleyebiliyordum... eli... sıcak... alev alev yanıyor... ateşi var, yüksek ateşi var... bir an ürperdim... olan biteni hemen anladım... benden kaçıp buraya gelmişti... pis bir Çinlinin kendisini yaralamasına izin vermişti, sırf burada daha çok sır saklanacağını umduğu için... şeytani bir cadının kendisini öldürmesine izin vermişti, bana güvenmektense bunu tercih etmişti... sırf ben bir deli olduğum için... onun gururuna özen göstermediğim, ona hemen yardım etmediğim için... ölümden korkusu benden korkusundan daha az olduğu için...

Bağırarak ışık istedim. Oğlan fırladı; iğrenç Çinli kadın titreyen elleriyle isli bir gaz lambası getirdi. O sarı alçağın gırtlağına sarılmamak için kendimi zor tutuyordum... lambayı masanın üzerine yerleştirdiler... sarı ve parlak ışık, acı çekmekte olan bedenin üzerine vurdu... ve birden... bütün her şey üzerimden gitti... bütün sersemliğim, bütün öfkem, üst üste yığılan tutkulardan oluşan bütün o pis gübre yığını... artık yalnızca doktordum, yardım eden, hisseden, bilgili insan... Kendimi unutmuştum... korkunç olana karşı uyanık ve berrak duyularımla mücadele ediyordum... çıplak bedeni hissediyordum, hayallerimde arzuladığım, sadece... nasıl desem... maddeden daha fazlasını, organizmadan daha fazlasını... artık o kadını hissetmiyordum, bilakis sadece hayatı, ölüme karşı kendini koruyan hayatı, ölümcül bir acı içinde iki büklüm olmuş insanı... Kanı, sıcak, kutsal kanı ellerime aktı, ama onu bir arzu içinde hissetmedim ya da korku içinde... ben yalnızca doktordum... yalnızca acıyı görüyordum... ve de...

Ve de her şeyin kaybedilmiş olduğunu hemen anlamıştım, eğer bir mucize gerçekleşmezse... kadın yaralıydı ve suça bulaşmış beceriksiz eller tarafından yaralanmıştı... bu kokuşmuş inde o kanı durduracak hiçbir şey yoktu elimde... bir parça temiz su bile... dokunduğum her şey kirden kaskatı kesilmişti...

'Derhal hastaneye gitmemiz lazım,' dedim. Ama ben bunu söyler söylemez acı içindeki beden ani bir refleksle doğruldu. 'Hayır... hayır... ölürüm daha iyi... kimse öğrenmemeli... kimse öğrenmemeli... eve... eve...'

Anlıyordum... daha çok sırrı için, onuru için mücadele veriyordu... hayatı için değil... ve – ona itaat ettim... Oğlan bir sedye getirdi... onu üzerine yatırdık... ve o şekilde... şimdiden bir ceset gibi, cansız ve yüksek ateşli... onu gecenin içinden geçirerek taşıdık... eve götürdük... soran gözlerle bakan korkmuş hizmetçileri oradan defederek... hırsızlar gibi onu odasına taşıdık ve kapıları kilitledik... ve sonra... sonra mücadele başladı, ölüme karşı verilen uzun mücadele..."

Birden bir el kolumu kavradı, korkudan ve acıdan neredeyse çığlık atacaktım. Karanlıkta yüzü bana bir anda korkutucu bir şekilde yakınlaşmıştı, aniden beliren beyaz dişlerini görüyordum, ay ışıklarını solgun bir şekilde yansıtan ve iki büyük kedi gözü gibi ışıldayan gözbebeklerini görüyordum. Şimdi artık konuşmuyordu – bağırıyordu, inleyen bir öfkeyle sarsılarak:

"Siz biliyor musunuz ki, siz, yabancı insan, burada bir şezlongda rahat rahat oturan, dünyayı gezen bir yolcu olarak, siz hiç bir bedenin iki büklüm olduğunu gördünüz mü, morarmış tırnakların boşluğu kavrayışını, gırtlaktan çıkan hırıltıları, her bir organın kendini savunuşunu, her bir parmağın korkunç olana karşı direnişini ve gözlerin kelimelerle anlatılamayacak bir dehşet içinde açılışını? Hiç böyle bir şey yaşadınız mı, siz avare insan, siz dünya gezgini, siz, yardım etmekten bir sorumluluk olarak söz eden siz? Bunu sık sık gördüm bir doktor olarak, çok gördüm bir... klinik vaka olarak, bir olgu olarak... bunu adeta derinlemesine inceledim – ama bizzat kendim sadece bir kez yaşadım, birlikte yaşadım, birlikte öldüm, yalnızca işte o gecede... o korkunç gecede, oturduğum ve akan, akan ve akan kana karşı, gözlerimin önünde onu yakıp kavuran ateşe karşı bir şey öğrenebilmek için, bir şey bulmak için, bir şey yaratmak için beynimi parçaladığım gecede... ölüme karşı, giderek yaklaşan ve yataktan defetmeyi bir türlü başaramadığım ölüme karşı. Anlıyor musunuz, doktor olmak demek ne demek, bütün hastalıklara karşı her şeyi bilmek –yardım etme sorumluluğu olmak, sizin de bilgece söylediğiniz gibi– ve yine de ölmekte olan birinin yanında güçsüz bir şekilde oturmak, bilmek, ama yine de gücü olmamak... yalnızca o tek şeyi, o korkunç şeyi, kendi vücudundaki bütün damarları parçalasa da ona yardım edemeyeceğini bilerek... sevdiğin bir bedeni izlemek, onun perişan halde, acılar içinde kanadığını görmek ve bir güçlenen bir sönen, insanın parmakları arasından akıp giden bir nabzı hissetmek... doktor olmak ve hiçbir şey bilmemek, hiç, hiç, hiçbir şey... orada öylece oturmak ve kilisede dua eden yaşlı bir kadın gibi dualar mırıldanmak ve sonra yine, olmadığını bildiğiniz merhametli bir

Tanrıya karşı yumruğunu sıkmak... Anlıyor musunuz bunu? Bunu anlıyor musunuz?.. Ben... ben sadece bir şeyi anlamıyorum, nasıl... nasıl bir insan bunu yapabiliyor, o anlarda nasıl onunla birlikte ölmeden durabiliyor... nasıl oluyor da ertesi sabah bir uykudan uyanabiliyor ve dişlerini fırçalayabiliyor ve bir kravat takabiliyor... o nefes, uğruna çabaladığım, mücadele ettiğim, ruhumun bütün güçleriyle tutmak istediğim o ilk insan... elimden kayıp giderken... bilmediğim bir yere doğru, dakika dakika, giderek daha büyük bir hızla kayıp giderken ve hummaya tutulmuş beynimde, o, o biricik insanı nasıl sımsıkı tutabileceğime dair hiçbir bilgi yokken... benim hissettiklerimi yaşadıktan sonra, nasıl oluyor da yaşamaya devam edebiliyor...

Ve üstüne üstlük, acımı alçakça iki katına çıkarmak için, bir de şöyle bir şey var... onun başucunda otururken –ona morfin vermiştim, acılarını dindirsin diye ve onun öylece yatışını izliyordum, sıcak yanaklarıyla, sıcak ve solgun– evet... öylece yanında otururken, sürekli arkamda, korkunç bir gerilim ifadesiyle bana bakan bir çift göz hissediyordum. Oğlan yere oturmuş, alçak bir sesle dualar mırıldanıyordu... bakışlarım onunkilerle karşılaşınca, öyle... hayır, bunu tarif edemem... öyle yalvaran, öyle... o köpeksi bakışında öyle müteşekkir bir şey beliriyordu ki... aynı zamanda ellerini bana doğru kaldırıyordu, sanki onu kurtarmam için bana yalvarıyordu... anlıyor musunuz; bana, bana doğru ellerini kaldırıyordu bir Tanrıya dua için kaldırır gibi... bana... güçsüz, aciz insana, her şeyi kaybettiğini... burada, zeminde koşuşturan bir karınca kadar gereksiz olduğunu bilen adama... Ah, o bakış, nasıl da içimi acıtıyordu, sanatıma beslediği o körü körüne, o hayvansı umut... ona bağırabilir ve onu ayağımla tekmeleyebilirdim, böylesine acı veriyordu bana... ama kadına karşı olan sevgimizin... ortaklaşa sırrımızın... bizi nasıl birleştirdiğini de hissediyordum. Pusuya yatmış bir hayvan, cansız bir yumak gibi, iki büklüm olmuş hemen arkamda oturuyordu; bir şey isteyecek olsam, daha ağzımdan çıkar çıkmaz çıplak, sessiz ayaklarıyla fırlıyor ve titreyen elleriyle bana uzatıyordu... beklentilerle dolu olarak, aranan yardım buymuş gibi... kurtuluşmuş gibi... Biliyordum, onu kurtarmak için kendi damarlarını keserdi, o kadın böyle biriydi, insanlar üzerinde böyle bir gücü vardı... ve benim... bir parçacık kanı kurtaracak gücüm yoktu... Ah o gece, o korkunç gece, yaşam ve ölüm arasında geçen o sonsuz gece!

Sabaha karşı bir kez daha uyandı... gözlerini açtı... artık o kadar kibirli ve soğuk değillerdi... adeta bir yabancı gibi odayı tararken, yüksek ateşin verdiği nemli bir parlaklık vardı içlerinde... Sonra bana baktı; düşünüyor gibi görünüyordu, yüzümü hatırlamak istiyor gibi... ve birden... bunu gördüm... hatırladı... çünkü bir korku, bir karşı koyma... bir... düşmanca bir şeyle, dehşetle gerildi yüzü... kollarıyla çırpınmaya çalıştı, kaçmak istermiş gibi... benden uzağa, uzağa, uzağa... onun o anları... o saatleri düşündüğünü görebiliyordum... ama sonra biraz kendine gelir gibi oldu... bana daha sakin bir ifadeyle bakıyordu şimdi, güçlükle nefes alıyordu... konuşmak istediğini hissediyordum, bir şey söylemek istiyordu... Elleri yine kasılmaya başladı... doğrulmak istiyordu, ama çok zayıf düşmüştü... onu sakinleştirdim, üzerine doğru eğildim... o zaman bana uzun, acı dolu bir bakışla baktı... dudakları hafifçe kıpırdadı... son bir çabayla, sönmekte olan bir sesle, yalnızca şöyle dedi:

'Kimse öğrenmeyecek değil mi?.. Hiç kimse?'

'Hiç kimse,' dedim inandırıcı olmak için bütün gücümü kullanarak, 'size söz veriyorum.'

Ama gözleri hâlâ tedirgindi... Alev alev yanan dudakları zor anlaşılır bir şeyler söylemeye çalışıyordu:

'Yemin edin bana... kimse öğrenmeyecek... yemin.'

Ant içer gibi elimi kaldırdım. Beni izliyordu... bir... tarif edilemez bir bakışla... yumuşaktı bakışı, sıcaktı, müteşekkirdi... evet, gerçekten... gerçekten müteşekkirdi... bir şeyler daha söylemek istedi, ama buna gücü yetmedi. Boylu boyunca yatıyordu, çabalamaktan bitkin düşmüştü, gözleri kapalıydı. Sonra o korkunç şey başladı... o korkunç şey... çok zor geçen bir saat boyunca mücadele etti ve bu mücadele ancak sabaha karşı son buldu..."

Adam uzun süre sustu. Ancak orta güvertedeki çan sessizliğin içinde çınladığında fark ettim sustuğunu; bir, iki, üç kez sertçe çaldı çan – saat üç. Ay ışığı matlaşmıştı, bir başka sarı aydınlık, kararsızca titreşmeye başlamıştı havada, ara ara meltemsi bir rüzgâr uçuşuyordu. Yarım saat, bir saat sonra sabah oldu, berrak bir ışıkla havadaki grilik dağıldı. Adamın yüz hatlarını şimdi daha belirgin görüyordum, çünkü gölgeler bulunduğumuz köşeye artık o kadar yoğun ve koyu düşmüyordu – şapkasını çıkarmıştı ve çıplak kafatasının altında kederli yüzü daha korkunç görünüyordu. Ama parlak gözlük camları yeniden bana dönmüştü bile; kendini toparladı; sesinde alaycı, keskin bir ton vardı.

"Onun için artık her şey sona ermişti – ama benim için öyle değildi. Ben orada cesetle yapayalnızdım – ama yabancı bir evde yapayalnızdım, sırra müsamaha göstermeyen yabancı bir şehirde yapayalnızdım ve ben... benim korumam gereken bir sırrım vardı... evet, bunu bir düşünün yeter, genel durumu: Koloninin en seçkin topluluğundan bir kadın, son derece sağlıklı, bir önceki akşam hükümet balosunda dans etmiş, birden yatağında ölü bulunuyor... yanında yabancı bir doktor var, güya uşağı tarafından çağrılmış... onun ne zaman ve nereden geldiğini evdeki kimse görmemiş... kadın gece yarısı bir sedyeyle getirilmiş ve sonra kapılar kilitlenmiş... ve sabah kadın ölü bulunmuş... ardından önce hizmetçiler çağrılmış, sonra evde çığlıklar kopmuş... bir anda komşular da öğrenmiş, bütün şehir öğrenmiş... ortada tek bir kişi var, olan biteni açıklayabilecek tek kişi... ben, bir yabancı, uzak bir klinikten gelen bir doktor, ne hoş bir durum, değil mi?..

Beni neyin beklediğini biliyordum. Neyse ki oğlan benimle birlikteydi, gözlerimin her hareketini okuyan o cesur oğlan, bu sarı benizli miskin hayvan bile burada bir mücadelenin verilmesi gerektiğini anlamıştı. Ona sadece şunu söylemiştim: 'Kadın burada neler olup bittiğini kimsenin bilmesini istemiyor.' Köpeksi, nemli ve yine de kararlı gözleriyle gözlerimin içine baktı: '*Yes, Sir*'* dedi, başka bir şey söylemedi. Ama yerdeki kan lekelerini sildi, her şeyi bir güzel toparladı – ve özellikle de onun bu kararlılığı benim de kendimi toparlamamı sağladı.

Hayatımda hiçbir zaman, bunu biliyorum, böyle yoğunlaşmış bir enerji hissetmemiştim kendimde, bir daha da asla böyle bir şey hissetmeyeceğim. İnsan her şeyini kaybettiğinde, elinde kalan son şey için umutsuzca savaşır – ve benim elimde kalan son şeyse onun bana bıraktığı mirastı, o sırdı. İnsanları son derece sakin bir şekilde karşıladım, her birine o an uydurduğum aynı hikâyeyi anlattım; doktor çağırması için kadının gönderdiği oğlanın yolda tesadüfen bana rastladığını. Ama ben güya sakin sakin konuşurken, bekliyordum... asıl can alıcı şeyi bekliyordum... cenaze denetçisini, kadını ve onunla birlikte sırrını da tabuta koyup kilitleyebilmemiz için önce onun gelmesi gerekiyordu. Ve unutmayın, o gün perşembeydi, cumartesi de kocası geliyordu...

Nihayet saat dokuzda hükümet doktorunun geldiğini haber verdiler. Onu ben çağırtmıştım, hiyerarşide benim üstümdü, ama aynı zamanda da rakibim, kadının ilk geldiği gün hakkında küçümseyerek konuştuğu doktor buydu ve muhtemelen benim tayin talebinde bulunduğumu öğrenmişti. Daha ilk bakışta bunu hissettim: O benim düşmanımdı. Ama işte tam da bu, benim elimi güçlendiriyordu...

Daha odaya girmeden sormaya başladı: 'Bayan... –burada kadının adını söyledi– ne zaman öldü?'

'Sabah saat altıda.'

'Sizi ne zaman çağırttı?'

---

* (İng.) Evet, efendim. (ç.n.)

'Akşam on birde.'

'Benim onun doktoru olduğumu biliyor muydunuz?'

'Evet, ama bu acil bir durumdu... ve ayrıca... merhume özellikle beni istemişti. Başka bir doktor çağrılmasını yasaklamıştı.'

Gözlerini bana dikti: Soluk, biraz da yağ bağlamış yüzünden bir kırmızılık geçti; öfkelendiğini hissediyordum. Ama tam da buna ihtiyacım vardı o an – içimdeki bütün enerji hızlı karar vermeye zorluyordu beni, çünkü sinirlerim uzun süre dayanamayacaktı. Düşmanca bir karşılık vermek istiyordu, sonra kayıtsızca şöyle dedi: 'Bana ihtiyacınız olmadığını düşünüyor olsanız da ölümü tespit etmek benim resmi görevim ve de... nasıl olduğunu.'

Buna cevap vermedim, odaya önden girmesine müsaade ettim. Sonra bir adım geri çekildim, kapıyı kilitledim ve anahtarı masanın üzerine koydum. Şaşırarak kaşlarını kaldırdı.

'Bu da ne demek oluyor?'

Sakin bir şekilde karşısına dikildim:

'Burada söz konusu olan, ölüm nedenini tespit etmek değil, aksine – başka bir neden bulmak. Bu kadın beni çağırdı, onu... onu başarısız bir girişimin ardından tedavi etmem için... artık onu kurtaramazdım, ama ona onurunu kurtaracağıma söz verdim ve bunu da yapacağım. Sizden de bu konuda bana yardımcı olmanızı rica ediyorum!'

Gözleri şaşkınlıktan fal taşı gibi açılmıştı. 'Herhalde benim,' diye kekeledi sonra, 'hükümet doktorunun, burada bir suçu örtbas etmemi istemiyorsunuz, değil mi?'

'Evet, bunu istiyorum, bunu istemek zorundayım.'

'Yani sizin suçunuzu ben...'

'Size bu kadına dokunmadığımı söyledim, yoksa... yoksa şimdi burada karşınızda olmazdım, yoksa çoktan kendi işimi bizzat kendim bitirmiş olurdum. Bu kadın suçunun –eğer böyle adlandırmak isterseniz– cezasını çekti, dünyanın bunu bilmesine gerek yok. Ve ben bu kadının onurunun şimdi gereksiz yere kirletilmesine izin vermeyeceğim.'

Kararlı ses tonum onun giderek daha fazla sinirlenmesine yol açmıştı. 'İzin vermeyeceksiniz... demek... pekâlâ, ne de olsa benim amirimsiniz... ya da en azından öyle olduğunuzu sanıyorsunuz... Durmayın, bana emretmeyi deneyin... zaten ilk aklıma gelen şey buydu, sizi bulunduğunuz köşeden buraya çağırdıklarında, işin içinde bir pislik olduğunu anlamıştım... temiz bir uygulama, burada giriştiğiniz şey, temiz bir numune. Ama şimdi ben muayene edeceğim, ben, siz de altında benim imzam bulunan bir raporun hakiki olacağından emin olabilirsiniz. Bir yalanın altına imza atmayacağım.'

Son derece sakindim.

'Evet – bu sefer buna mecbursunuz. Zira bunu yapmadan bu odadan çıkamayacaksınız.'

Bunu söylerken elimi cebime attım – tabancam yanımda değildi. Ama adam ürktü. Ona doğru bir adım attım ve gözlerimi gözlerine diktim.

'Dinleyin, size bir şey söyleyeceğim... ki işler tamamen çığırından çıkmasın. Hayatımın benim için hiç önemi yok... Başkalarınınkinin de yok – ben zaten bu noktadayım... benim için önemli olan tek şey verdiğim sözü yerine getirmek ve bu ölüm nedeninin gizli kalması... Dinleyin, size şerefim üzerine söz veriyorum, eğer, bu raporu bu kadının... bu kadının bir tesadüf sonucu öldüğüne dair hazırlarsanız, bu hafta içinde bu şehri ve Hindistan'ı terk edeceğim. Ya da, eğer isterseniz tabancamı alırım ve kendimi vururum, tabut toprağa gömülür gömülmez ve hiç kimsenin... anlıyorsunuz, *hiç kimsenin* artık inceleme yapmayacağından emin olur olmaz. Bu kadarı herhalde sizin için yeterli olacaktır – yeterli olmak zorunda.'

Sesimde tehditkâr, tehlikeli bir şey olmalıydı, çünkü gayriihtiyari ona yaklaşmaya kalktığımda büyük bir korkuyla geri sıçradı, tıpkı... tıpkı işte insanların elinde salladığı hançeriyle kendi üzerlerine doğru gelen Amok koşucusunu gördüklerinde yaptığı gibi... Birden bambaşka biri oldu... bir şekilde sindi ve olduğu yerde kalakaldı... sert tutumu kırıldı. Son bir kez, cılız bir itirazla mırıldandı: 'Hayatımda ilk kez sahte bir belgenin altına imza atmış olacağım... neyse, nasıl olsa bir yolu bulunur... sonuçta neler olduğu biliniyor. Ama ben durup dururken böyle...'

'Kesinlikle yapmamalısınız,' dedim ona yardımcı olmak ve desteklemek için – ('Hadi çabuk! Hadi çabuk!' diye bir şey tik tak edip duruyordu şakaklarımda) – 'ama şimdi, sadece yaşayan birini üzeceğinizi ve ölmüş birine korkunç bir şey yapacağınızı bilseydiniz, kesinlikle hiç tereddüt etmezdiniz.'

Başıyla onayladı. Masaya gittik. Birkaç dakika sonra rapor hazırdı (sonradan gazetede yayımlanan ve inandırıcı bir kalp yetmezliği betimleyen rapor). Sonra ayağa kalktı ve bana baktı:

'Bu hafta yola çıkıyorsunuz, değil mi?'

'Şeref sözü.'

Bana bir kez daha baktı. Onun katı ve nesnel görünmek istediğini fark ettim. 'Hemen bir tabut ayarlıyorum,' dedi, sıkıntısını gizlemek için. Ama benim içimdeki bu şey de neydi, bana böyle... böyle korkunç... böyle acı veren şey – birden bana elini uzattı ve ani bir içtenlikle elimi sıktı. 'Umarım kolay atlatırsınız,' dedi – ne kastettiğini anlamadım. Hasta mıydım ki? Yoksa... deli miydim? Ona kapıya kadar eşlik ettim, kilidi açtım – ama o çıktıktan sonra kapıyı kapatan şey kalan son gücümdü. Sonra şakağımdaki tik taklar yeniden başladı, etrafımdaki her şey sallanıyor ve dönüyordu; tam da onun yatağı önünde yere yığıldım... tıpkı... tıpkı Amok koşucusunun koşusunun sonunda anlamsızca yere yığılması gibi, harap olmuş sinirleriyle."

Yeniden sustu adam. Bir şey beni üşütmeye başlamıştı: Hafif bir uğultuyla geminin üzerinde esen sabah rüzgârının ilk ürpertisi miydi bu? Ama dertli yüz –şimdi sabah ışıklarının yansımasıyla az çok aydınlanmıştı– tekrar kasıldı:

"Yerde ne kadar yattığımı bilmiyorum. Birden bir şey dürttü beni. Ayağa fırladım. O oğlandı, saygılı ve utangaç bir ifadeyle karşımda duruyor ve tedirgin bir şekilde gözlerime bakıyordu.

'Birisi içeriye girmek istiyor... onu görmek istiyor...'

'İçeri kimse giremez.'

'Evet.. ama...'

Gözleri dehşet içindeydi. Bir şey söylemek istiyor ama buna cesaret edemiyordu. O sadık hayvanın bir derdi vardı.

'Kim o gelen?'

Tokat atmamdan korkuyormuş gibi titreyerek bana baktı. Ve sonra söyledi – bir isim söylemedi... böyle düşük bir varlığın içine birden bu kadar bilgelik nereden geliyordu, bazı anlarda tarifsiz bir davranış inceliği nasıl oluyordu da onun gibi tamamen kaba birinin ruhundan çıkabiliyordu?.. sonra dedi ki... son derece korkarak... 'Gelen o işte.'

Yerimden fırladım, hemen anladım, birden o yabancıyı görmek için sabırsızlandım. Görüyor musunuz ne tuhaf... Bütün bu acıların arasında, bu arzuların, korkuların ve telaşların ateşi içinde yanıp tutuşurken 'onu' tamamen unutmuştum... oyunun içinde bir adam daha olduğunu unutmuştum. O kadının sevdiği adamı, benden esirgediği şeyi tutkuyla verdiği adamı... On iki ya da yirmi dört saat önce olsa bu adamdan nefret eder, onu parçalayabilirdim... Şimdi... size... size bunu kesinlikle anlatamam, onu görmek için nasıl can atıyordum... onu... sevmek için, sırf kadın onu sevdi diye.

Bir hamlede kapıdaydım. Genç, hem de çok genç, sarışın bir subay duruyordu karşımda; çok acemi, çok ince, çok solgun. Bir çocuk gibi görünüyordu, o kadar... o kadar gençti ki insanın içine dokunuyordu, onun bir erkek gibi görünmek için, soğukkanlı görünmek için çaba harcaması tarif edilemez derecede sarstı beni... heyecanını gizlemeye çalışması... Şapkasını çıkarmak için kaldırdığında ellerinin titrediğini hemen fark ettim... onu kucaklamak geliyordu içimden... çünkü tam da benim arzu ettiğim gibiydi, bu kadına sahip olabilecek kişi olarak düşündüğüm gibi biriydi... baştan çıkarıcı değil, kibirli değil... hayır, kadının kendini hediye ettiği insan, yarı yarıya çocuk, temiz, zarif bir varlıktı.

Son derece çekingen duruyordu genç adam karşımda. Benim meraklı bakışlarım, coşkuyla yerimden fırlamış olmam kafasını daha çok karıştırmıştı. Dudaklarının üzerindeki küçücük bıyığı, onu ele verircesine titriyordu... bu genç subay, bu çocuk, ağlamamak için kendini çok zor tutuyor olmalıydı.

'Kusura bakmayın,' dedi en sonunda, 'Ben Bayan... bir kere daha... görmek isterdim.'

Gayriihtiyari, hiçbir şekilde istemeden kolumu onun, o yabancının omzuna koydum ve onu bir hasta götürür gibi götürdüm. Bana şaşkınlık içinde, sonsuz sıcak ve müteşekkir bir bakışla baktı... daha o saniyede ikimizin arasında ortak bir şey olduğunu anlamıştık... Ölünün yanına gittik... orada öylece yatıyordu, beyaz, bembeyaz çarşaflar içinde... benim yakınlığımın durumu onun için daha da zorlaştırdığını hissettim... o yüzden biraz geri çekildim, onu kadınla baş başa bırakmak için. Yavaşça ona yaklaştı... çekingen, yerde sürüklenen adımlarla... içinde kopan fırtınaları omuzlarından görebiliyordum... tıpkı... tıpkı şiddetli bir fırtınaya karşı ilerleyen biri gibi yürüyordu... Yatağın önüne gelince birden dizlerinin üzerine yığıldı kaldı, tıpkı daha önce benim yığılıp kaldığım gibi.

Derhal öne atıldım, onu yukarı kaldırdım ve götürüp bir koltuğa oturttum. Artık utanmıyordu, aksine acısını hıçkıra hıçkıra dışarı atıyordu şimdi. Bir şey söylemek elimden gelmiyordu – sadece elimle gayriihtiyari o çocuklarınki gibi yumuşak sarı saçlarını sıvazlıyordum. Elimi tuttu... son derece nazik ve çekingen bir şekilde... ve bir an bakışlarının bende takılı kaldığını hissettim...

'Bana gerçeği söyleyin doktor,' diye kekeledi, 'bunu kendine kendi eliyle mi yaptı?'

'Hayır,' dedim.

'Peki o zaman... yani... öl... ölümünden sorumlu herhangi bir suçlu var mı?'

'Hayır,' dedim tekrar, oysa gırtlağımda duran bir şey bana acı veriyordu. 'Ben! Ben! Ben!.. Ve sen!.. İkimiz de! Onun inadı, o uğursuz inadı!' diye bağırmak geliyordu içimden. Ama kendimi tuttum. Bir kez daha tekrarladım: 'Hayır... kimsenin suçu yok bunda... bu bir alınyazısı!'

'İnanamıyorum,' diye inledi, 'buna inanamıyorum. Daha evvelsi gün balodaydı, gülümsüyordu, bana el sallıyordu. Bu nasıl mümkün olabilir, nasıl meydana gelmiş olabilir?'

Uzun bir yalan anlattım. Kadının sırrını ona da vermedim. İki kardeş gibi konuştuk o günlerde, adeta bizi birbirimize bağlayan duygu seli altında... birbirimize güvenmiyorduk, ama o da ben de, ikimizin de hayatının bütünüyle o kadına bağlı olduğunu hissediyorduk... Bazen gırtlağımda düğümlenen şey dudaklarımın ucuna kadar geliyordu, ama sonra dişlerimi sıkıp kendimi tutuyordum – kadının ondan bir çocuk taşıdığını hiçbir zaman öğrenmedi... benden o çocuğu, onun çocuğunu öldürmem istendiğini ve kadının kendisiyle birlikte onu da uçuruma sürüklediğini... Onun evinde gizlendiğim o günlerde sadece kadından konuştuk... çünkü o günlerde –size söylemeyi unuttum– aranmaktaydım... Kocası geldiğinde tabut çoktan kapatılmıştı... adam doktorun tuttuğu ölüm raporuna inanmamıştı, herkes başka bir şey anlatıyordu... o da beni arıyordu... Ama ben onu, kadına acı çektirmiş olduğunu bildiğim birini görmeye katlanacak durumda değildim... bu yüzden gizlendim... dört gün boyunca evden çıkmadım, ikimiz de evden çıkmadık... kadının sevgilisi bana sahte bir isimle bir gemi bileti ayarladı... kaçabileyim diye... kimse beni tanımasın diye bir hırsız gibi gece gizlice güverteye süzüldüm... her şeyi geride bıraktım, sahip olduğum her şeyi, o yedi yılın bütün çalışmalarıyla birlikte evimi, bütün mal varlığımı, hepsi isteyen herkesin alabileceği bir şekilde ortalıkta duruyor... ve hükümetteki beyler de büyük ihtimalle çoktan üzerimi çizmiştir, çünkü izin almadan görev yerimi terk etmiştim... ama ben artık o evde, o şehirde... her şeyin bana onu hatırlattığı o dünyada yaşamaya devam edemezdim... bir hırsız gibi gece yarısı kaçtım... sadece o kadından kaçmak için... sadece unutmak için...

Ama... güverteye ulaştığımda... gece... gece yarısı... arkadaşım benimle birlikteydi... orada... orada... vinçle bir şey yüklüyorlardı... dikdörtgen, siyah... onun tabutu... duyuyor musunuz? Onun tabutu... beni buraya kadar takip etmişti, tıpkı benim onu takip ettiğim gibi... ama benim durup uzaktan izlemem gerekiyordu, çünkü o da, kocası da oradaydı... onu İngiltere'ye götürüyordu... belki orada otopsi yaptıracaktı... kadını kendine çekip almıştı... şimdi o yine ona aitti... artık bize ait değildi, bize... ikimize... Ama ben hâlâ oradayım... son dakikaya kadar onunla birlikte gidiyorum... o adam, o hiçbir zaman öğrenmemeli, onun sırrını her türlü girişime karşı koruyacağım, kadının onlardan kaçıp ölüme gittiği o düzenbazlara karşı... hiç, hiçbir şey öğrenmeyecek o... o kadının sırrı bana ait, yalnızca bana...

Şimdi anlıyor musunuz... şimdi anlıyor musunuz... neden insanları görmeye dayanamadığımı... gülüşmeleri duymaya... flört etmelerine ve birlikte olmalarına... çünkü altlarında... altlarındaki ambarda, çay balyalarıyla Brezilya kestanelerinin arasında onun tabutu duruyor... oraya gidemiyorum, ambar kilitli... bütün duyularımla biliyorum, her saniye biliyorum... burada vals ve tango yapsalar da... bir yandan da aptalca bu, deniz milyonlarca ölünün üzerinde süzülüyor, ayak basılan her karış toprağın altında bir ölü çürümekte... ama yine de ben katlanamıyorum, katlanamıyorum, maskeli balolar düzenlemelerine ve şehvetle gülmelerine... o ölü, onu hissediyorum ve benden ne istediğini biliyorum... biliyorum, bir görevim daha var... henüz işim bitmedi... henüz onun sırrı kurtarılmış değil... o beni henüz özgür bırakmadı..."

Geminin orta bölümünden yerde sürünen ayak sesleri, alkışlar, bağırışlar geliyordu; tayfalar güverteyi ovmaya başlamışlardı. Adam yakalanmış gibi ayağa fırladı; gergin yüzü korkulu bir ifadeye büründü. Durdu, "Ben gidiyorum... ben gidiyorum..." diye mırıldandı.

Ona bakmak insana acı veriyordu: Harap bakışları, içkiden ya da gözyaşlarından kıpkırmızı olmuş, şişmiş gözleri. Onun duygularını paylaşmamdan sakınmaya çalışıyordu. Kambur duruşunda bir utanç hissediyordum, sonsuz bir utanç, o gece bana sırlarını açtığı için. Gayriihtiyari şöyle dedim:

"Acaba öğleden sonra kamaraya, yanınıza gelebilir miyim?"

Bana baktı – sert, ironik bir hareketle gerildi dudakları, kötü bir şeyler çıkaran ve her sözcüğü eğip büken bir hareketle.

"İşte... işte o olağanüstü yardım etme göreviniz... işte... bu vecizeyle benim çenemi açmayı başardınız. Ama hayır, hayır bayım, teşekkür ediyorum. Bağırsaklarımdaki bütün pisliği önünüze döktüm diye iyice rahatladığımı sanmayın sakın. Berbat olan hayatımı artık kimse düzeltemez... gördünüz, saygıdeğer Hollanda devletine bedavaya hizmet ettim... emekliliğim yandı, yoksul bir köpek olarak Avrupa'ya geri dönüyorum... bir tabutun arkasından kuyruk sallayan bir köpek... Bir Amok koşucusuysanız uzun süre cezasız kalamazsınız, eninde sonunda sizi yere sererler ve umarım benimki de yakındır... Hayır, teşekkürler, bayım, hayırsever ziyaretiniz için... kamarada bir yol arkadaşım var zaten... birkaç şişe iyi kalite eski viski, onlar beni bazen avutuyor ve maalesef kendisini zamanında ustaca kullanamadığım o eski arkadaş, Browning marka tabancam... ne de olsa o bütün gevezeliklerden daha çok işe yarar... Lütfen, hiç zahmet etmeyin... elimizde kalan son insan hakkı herhalde şudur: Canının istediği şekilde geberme hakkı... ve dışarıdan bir yardımla rahatsız edilmeme hakkı."

Bana bir kez daha alaylı bir ifadeyle... hatta meydan okurcasına baktı, ama hissediyordum: Bu sadece utançtı, sınırsız bir utanç. Ardından omuzlarını büzdü, arkasına döndü, selam vermeden... ve tuhaf bir şekilde yamuk bir yürüyüşle, ayaklarını yerde sürüyerek, artık epeyce aydınlanmış olan üst güverteden geçerek kamaralara doğru gitti. Onu bir daha görmedim. O gece ve onu izleyen gecelerde onu aynı yerde nafile aradım durdum. Ortadan kaybolmuştu. Eğer daha sonra yolcuların arasında kolunda yas bandı olan birine, sonradan bana söyledikleri gibi karısını tropikal bir hastalık sonucu kaybetmiş Hollandalı bir tüccara rastlamamış olsaydım, bir rüya gördüğümü ya da hayali bir varlıkla karşılaştığımı düşünebilirdim. Tüccarın ciddi ve üzgün bir ifadeyle diğerlerinden ayrı bir yerde bir ileri bir geri yürüyüp durduğunu görüyordum. Onun en gizli derdini bildiğim düşüncesi bana tuhaf bir çekingenlik veriyordu; ne zaman onun karşıdan geldiğini görsem yana çekiliyordum, benim onun yazgısı hakkında kendisinden daha fazla şey bildiğimi bir bakışımla ele vermemek için.

Sonra Napoli limanında, anlamını o yabancı adamın anlattığı hikâyede bulduğumu düşündüğüm o tuhaf kaza meydana geldi. Akşam yolcuların çoğu gemiden inmişti, ben de operaya ve oradan da Via Roma kıyısındaki ışıklı kafelerden birine gitmiştim. Filikayla gemiye geri döndüğümüz sırada birkaç tane botun meşaleler ve asetilenli lambalarla bir şeyler arayarak geminin etrafında dolaştıklarını fark etmiştim; aynı zamanda yukarıda, gemide de sağa sola koşuşturan polisler ve jandarmalar vardı. Tayfalardan birine neler olup bittiğini sordum. Konuşmasının yasak olduğunu hemen belli eden bir hareketle cevap vermekten kaçındı. Ertesi gün gemi yine sakin sakin, meydana gelen olayın bütün izlerinden arınmış olarak Cenova'ya doğru yola çıktığında da hiçbir şey öğrenmek mümkün olmadı. Napoli limanında meydana gelen ve romantik süslemelerle anlattıkları o sözde kazayı, ancak daha sonra İtalyan gazetelerinde okudum. O gece, diye yazmışlardı, tenha bir saatte, yolcular görüp de huzursuz olmasınlar diye, Hollanda sömürgelerinden saygın bir hanımefendinin tabutu geminin güvertesinden bir bota indirilecekti, kadının kocası da oradaydı, önce ip merdiven sarkıtılmıştı ki o anda yüksek güverteden aşağıya ağır bir şey düşmüş ve tabutla birlikte onu taşıyanları ve o sırada onlara yardım etmekte olan kadının kocasını da alıp hepsini denize düşürmüştü. Gazetelerden biri, kendini merdivenden ip merdivenin üzerine atanın bir deli olduğunu ileri sürmüştü, bir başkası olayı biraz daha hafifletmiş, ip merdivenin ağırlığa dayanamayıp kendiliğinden koptuğunu yazmıştı: Sonuçta gemi şirketi yetkililerinin gerçek olayı örtbas etmek için her şeyi yaptıkları görülüyordu. Taşıyıcıları ve kadının kocasını güçlükle de olsa kurtarmayı başarmışlardı, ancak kurşundan yapılan tabut çabucak dibe batmış ve bir daha bulunamamıştı. Bu arada okurlar, bir başka notta kısacık anıldığı üzere kırk yaşlarında bir adama ait bir cesedin liman civarında karaya vurmuş olmasıyla romantik bir dille bildirilen kaza arasında bir bağlantı kurmamışlar gibi görünüyordu. Bu geçiştirilmiş satırları okur okumaz, gazete sayfasının arkasından ay beyazlığında bir yüzün parlak gözlüğüyle bir hayalet gibi bana baktığını hissettim.